诗苑译林

这世界是他乡

杜丽特尔（H.D.）诗选

HILDA DOOLITTLE

[美国] 希尔达·杜丽特尔——著
董伯韬——译

湖南文艺出版社

“我是蝶”

——希尔达·杜丽特尔（H.D.）的诗与人生

1930 年，希尔达·杜丽特尔（H.D.）出演电影《边界》（Borderline）。在为电影所写的宣传册里，她这样描写自己饰演的角色阿斯特丽德（Astrid）：“她远谪天涯却非逐客，她不偶于世却非零余者，她与他人无异却非泯然众人。她即是边界。”这段话仿若希尔达·杜丽特尔自己的写照。74 年的人生里，她徜徉于种种边界，在时空的异域里寻觅灵魂的居所。

1886 年，希尔达·杜丽特尔出生于美国宾州伯利恒，8 岁随家人迁居费城。希尔达的母亲是虔诚的新教摩拉维亚派教徒，以《圣经》为信仰和行为的唯一准则；崇尚灵修、友爱、互助与平等。希尔达自小就在母亲严格的管教、督责下学做淑女。不过，这并没能压抑她天性中的不羁与率真。她少时的朋友、诗人威廉·卡洛斯·威廉斯在《自传》中曾提及他和希尔达的一件趣事：“我们在绿草茵茵的牧场边，面西而立，置身旷野，狂飙，那雷雨的先导，刮向我们的脸……没有跑甚至没有走向树下，希尔达反倒在山畔草地上坐下，听任大风吹来。‘来吧，美妙的雨，’她边说边张开双臂，‘美妙的雨，欢迎你。’”

令希尔达迷醉的并不止于自然的瑰奇与幽邃，更有欧陆文化的巨澜与清漪。1912 年，希尔达踏上伦敦的旅途，那时她还不知道她将在那里领受现代主义的洗礼，成为诗人，成为小说家，成为 H.D.。

最初，希尔达投身意象派诗歌实验。庞德在《回看》中写道：“1912 年春或初夏，H.D.、理查德·奥尔丁顿和我商讨后一致同意以下三条原则：1. 直接处理无论是主观还是客观的‘物’。2. 任何无助于呈现的词都绝对不用。3. 至于节奏：创作要依照乐句（phrase）的排列，而不是依照节拍器的机械重复。”希尔达和她的意象派同道一起借鉴法国象征主义，摒弃浮泛、夸张的浪漫派余绪，舍却晦涩的象征（symbol）而着意捕捉意象（image）以传达主体与物遇合时的瞬间印象，力求简洁、明晰。如：

旋卷吧，海——
旋卷你尖尖的松林，
泼溅你伟岸的松林
泼溅到礁石上，
将你的绿掷向我们，
以你那一泓泓冷杉覆盖我们。

——《俄瑞阿得》[1]

1　希腊神话中的山岳女神。

辽远的海上波涛涌起，化作松林，漫为绿，流荡成冷杉……诗人将涛飞浪涌之顷心中激起的种种印象、感觉剪接在一起，如梦似幻；而除却新奇的想象，“旋卷吧，海——/……将你的绿掷向我们，/以你那一泓泓冷杉覆盖我们”，这贯穿全篇的炽烈的呼告则使整首诗盈满生命的力与热。

与庞德、D.H.劳伦斯等意象派诗人不同，希尔达在清澈呈现意象的同时并未放逐抒情，并未规避“我”，试将她的《月出》与庞德《巴黎地铁车站》和D.H.劳伦斯《绿》并读，即可见出希尔达这一独有的韵致：

你可在海上依约闪烁？
你可将矛掷向
海湄？
我们将定下怎样的乐调？
我们有一阕歌，
在岸边分享我们的箭；
那驰荡的弦索讲述我们的旋律：

哦 飞翔，
将她速速带进我们的歌。
她何其伟美，
我们用松将她度量。

——希尔达·杜丽特尔《月出》

众里幻现面影

黝黑枝上疏英

——庞德《巴黎地铁车站》

黎明绿如苹果

天空是阳光里高擎的绿酒

月是其间一瓣金色的花

她张开眼睛，亮起

绿色的光，明洁如初绽的花

第一次被看见

——D.H. 劳伦斯《绿》

现代主义文学很大程度上可以说是“异乡人”文学。流寓巴黎的乔伊斯、贝克特、格特鲁德·斯坦因，旅居伦敦的庞德、T. S. 艾略特、希尔达·杜丽特尔，都是由文化边陲——爱尔兰或美国——来至中心。而一旦身处“文明的首都”，顾影彷徨，“边民”心间遂萦起对边地——那已成殊方的故土——的乡愁。归去，归去，归向何方？前行的步履总是响起回返的跫音，记忆与远徙激荡交错，于是他们筑砌凹凸着疏离与落寞的城堞，致慨恨的暧昧与生命的戕残。希尔达寓居伦敦时创作的诗集《海的花园》就铭刻着强烈的“离散”的徽记，如这首《海的玫瑰》：

玫瑰，粗粝的玫瑰，
伤痕累累，寥寥几瓣
羸弱的花儿，纤瘦，
叶片疏落……

全诗的主体是枝生长在沙岸上的玫瑰，不知是出于选择抑或宿命，它终将零落在这海洋与大地的边界。“你被抛向沙岸，/ 你被擎起 / 于清冷的沙 / 风中驱驰的沙。”希尔达以想象的对话为玫瑰招魂，读者则在花叶凄美的陨落里谛听诗人自我悼祭的叹惋。若进一步探究，则可发现，借由歌咏“玫瑰”这一西方诗歌传统中最为常见的主题，希尔达在与自萨福至《雅歌》作者、从中世纪无名歌人到同时代的叶芝等诗人或高华或幽婉或沉郁或清丽的歌声唱和。而聆赏这些异代诗人的往复酬答，我们不免踌躇：现代与传统的边界中有多少人为的想象、建构与刻板化？现代是否一定与传统绝缘？现代的某些面向不正是通过重组或调配古典来完成的吗？

1914 年，“悠长的 19 世纪”随着“一战”的硝烟飘远，20 世纪在血与火中诞生。此后的 40 年，世界将“从一个灾难跌跌撞撞地走向另一个灾难”（霍布斯鲍姆语），而在它最初的四年，希尔达的人生已漫漶着荒凉与伤痛：和理查德·奥尔丁顿的婚姻走到了尽头；最爱的弟弟在法国阵亡，父亲为此郁郁而终；自己身染肺病，精神上也出现状况……

她仿若伊卡洛斯[1]，正自高天飞坠！

也是自此时起，希尔达的诗风有了改变。她频频征引希腊神话与萨福的诗章。当身处的世界与自身陷入非理性的混沌时，从现实中抽身而出，上溯远古，自神话与诗中汲取慰藉与启迪，希尔达应对横逆的方式呈现出她卓尔不群的风格：

那儿 悠悠的河
与潮水相遇的地方，
一只红天鹅举起红红的翅膀
扬起微暗的喙，
在他的柔胸
紫色的绒羽下
展开他珊瑚色的蹼。
…… ……
啊王者似的吻——
再无遗憾
也无古老深邃的记忆
玷损这狂喜；
璀璨的玉簪
舒展，休憩
于红天鹅翼下

1 这位希腊神话里的少年借助蜡制的翅膀飞向苍穹，却因日头太毒以至蜡翼融解而堕入海中身亡。

柔柔地翕合

于红天鹅胸间

暖暖地颤抖。

这首诗名为《丽达》[1]，源自一则广为人知的希腊神话：主神宙斯爱上了斯巴达国王廷达瑞俄斯的王妃丽达，化身天鹅与沐浴的丽达交合。但在希尔达笔下，神话中原有的狂暴消弭了，诗人一心以曼妙绮丽的笔触皴染欢爱的欣悦与温存。联想希尔达当时真实的情感遭际，她似乎有意通过与神话辩证来寻索爱之于女性的意义。而丽达之所以让希尔达如此追怀，也并不是因为她与宙斯的传奇宛转关生多少人世的离合，而是因为面对突兀的命运她所表现出的沉静与雍容。在同期写下的《断章 40》中，希尔达以“为了歌唱爱，爱必先将我们击碎”回应萨福“爱，……苦涩又甜蜜”的叹息。试将其与本诗对读，我们不难听清希尔达的心声：不必讳言爱可能带来的毁灭，但，爱依然值得歌唱。此外，诗中另一耐人寻味处是：题作《丽达》，全篇却聚焦天鹅，而丽达近乎隐身，写到她的只有结尾寥寥六行，也许男性翅羽对女性的遮蔽令诗人终竟意难平！无疑，这令诗意更添了一重波澜。

希尔达诗风的转变与她和 D.H. 劳伦斯的交往有深刻的关联。他们的友谊开始于 1914 年，1918 年突然终止。在那四年里，

1　叶芝题咏此事的名篇《丽达与天鹅》则借书写历史的劫毁喻指现代的怪兽性，虽然他说：“巨鸟和女子占据了整个舞台，所有政治都已消隐。”

他们写信、交换诗作，成为彼此最为珍重的倾听者、对话者。在自传体小说《别我而生》中，希尔达追念这段过往时说：“他写到爱，写到她冰冷的圣坛；‘踢翻你那讨厌的生命的殿宇’，他说，‘我们倦怠的美德的百合在陷阱边打盹，危难重重’，他写道，‘天使在哪里降临，就从哪里离开吧’；他叫她‘坩埚’，‘轻轻地燃着蓝色的火焰’；‘爱的巧匠’他写道，‘你是活泼的精灵之城中活泼的精灵’。”劳伦斯到底要说什么，希尔达并不很懂，但她确知他（劳伦斯）或他们（庞德、奥尔丁顿）不是神祇，而自己也不是使徒或追随者。在小说里，她写道：“他（指奥尔丁顿）不是狄奥尼索斯，你（即劳伦斯）也不是俄耳甫斯。你们是人。”而在《欧律狄刻》一诗中，她的回答则更为果决，那时曾为她所珍视的三个男人，庞德、奥尔丁顿、D.H. 劳伦斯，都已从她身畔隐去：

至少我有属于自己的花，
而我的思想，没有哪个神
能拿去；
我有自己的炽热奉给某种品格
我有自己的灵魂献与光……

1930 年，劳伦斯溘然辞世。五年后，希尔达写下《诗人》一诗缅怀故友。回顾所来径，她依然有诸多不解，她说，“我不明白他的哲学，我不懂”。但显然她已与这种“不解”和解，她不再惑于彼此何以不同，而是接受彼此可以不同，这是死亡或逝者给她的赠与吧：

你在所有事上都太节制，
（灵感也会受到节制吗？）
你的休憩，似在
回应我的
某种恣肆，
我确信我失败了，
因我已脱去曾经的茧

我是蝶……

是的，这已不是一个女人在哀悼一个男子，而是一位诗人在凭吊另一位诗人，是一颗奔涌着创造力的不羁的灵魂在思念另一颗同样质地的灵魂：

我几乎不敢坐在这方石上，
稍稍离远，
（希望你不要知道我在这里）
我几乎不敢仰望那些窗，
注视那静定的烛光；

我几乎不敢说出，
当然绝不会喊出，“你好”，
或“再见”或人们必定大声吼出的一切，

我几乎不敢思忖不敢自语，

为什么，

他在那里。

“死亡”让后死者最难堪的是“我”再不能与“你”面对面谈笑、争论，是“我”想起“你”时，却只能将“你”唤作 “他 / 她”才可以将你将我们讲述。或即因此，诗人才连用三个“几乎不敢”来吐诉心中的不舍与不甘？

“爸爸[1]似乎暗示我在潜意识里一直想做演员。”1932年6月5日给友人布莱瑟的信中希尔达谈起弗洛伊德为她做的心理分析，谈起不久前弃世的维也纳国家歌剧院首席芭蕾舞者安妮·阿勒斯（Anny Ahlers），“现在，你明白安妮为什么让我这么难过了。她真的从窗间走出去了，在科孚岛我也差点就……”。当时，刚刚出离生命炼狱的希尔达尚不知道她就将走向一个新的边界，在那里见证文明的倾圮，迎来艺术上的另一个转变。

《三部曲》写于1942年至1944年间。第一部题为《城墙永不坍塌》。在第一节里，目睹伦敦在空袭中受难的希尔达忆起自己“一战”后的埃及之行：黄沙蔓草间，曾经的帝国萎落成泥……，那一幕与眼前的情形何其相似：

那里，一如这里，“毁灭”打开

1　希尔达在信中对弗洛伊德的昵称。

陵墓，神庙；进入，

那里一如这里，那里没有门扉：

…… ……

“毁灭”统御四方，而恰如坠地的栋宇

任紧闭的屋室

敞向风

然而，诗人并未驻足于苦痛，“穿过绝望，穿过悸动，穿过阴郁”，她“在玫瑰 / 宛若密林的刺里探险 // 被雨卷入 / 叶的幽谷”。在那里，她呼告“墨丘利、赫尔墨斯、透特”这些微言大道（Word）的发明者与守护者，冀求“重获伊希斯[1]的秘密”，在废墟中觅取生机。

在《给天使的献礼》中，诗人手持《启示录》，走向赫尔墨斯特利斯墨吉斯忒斯[2]，这位语言的创造者与炼金术之父；直面周遭的末世景象，她化身先知：“我，约翰，看过。我见证”，进而以耶稣的口吻说：“我将一切更新。[3]”于是，异教的、基督教的神祇一并在她思想的坩埚里熔炼为诗的精灵，让世界与内心拥有创造的力量：

她携着书，但那不是

印刻古老智慧的典籍，

1　古埃及司生育与繁殖的女神埃塞特在希腊语中的名字。

2　埃及神话中月神透特在希腊语中的称谓。

3　语出《圣经·新约·启示录 21：5》：“坐宝座的说：‘看哪，我将一切都更新了。’”

我设想，那是尚未写出的

空白的书卷。

…… ……

她是普赛克[1]，是蝴蝶，

破茧而出。

《三部曲》的终曲《牧杖绽放》完成于1944年12月18—31日，那时战争已持续了五年，阴霾即将散去，圣诞季又有了久违的欢乐，因而，全篇律动着一种圣洁的宁谧。诗中，希尔达借讲述“东方三王”之一卡斯帕尔的漫游与抹大拉的玛利亚如何从他那里得到玉瓶为耶稣膏足的故事，为疮痍重重的世界与人生编织了一个创世与救赎的寓言或预言：

……我们停步

感恩我们又从死亡中站起，生活。

董伯韬

2020/07/20，上海

1 罗马神话中的灵魂女神。普赛克原是一名罗马国王的女儿，她的美引起爱与美的女神维纳斯的妒忌，维纳斯计划将普赛克嫁给世界上最丑恶凶残的怪兽——羽蛇。但，结果其子小爱神丘比特爱上了普赛克并将她接入自己的殿宇。虽然普赛克的姐姐们和维纳斯千方百计拆散这对恋人，但最终普赛克战胜了磨难，被神王朱庇特封神，和丘比特正式成婚。

目录

海园

1916

海的玫瑰

玫瑰，粗粝的玫瑰，
伤痕累累，寥寥几瓣
羸弱的花儿，纤瘦，
叶片疏落，

比
润泽
独立枝头的玫瑰珍贵——
你被海流攫住。

成长受阻，花叶细小，
你被抛向沙岸，
你被擎起
于清冷的沙
风中驱驰的沙。

棕红的玫瑰

你能滴落那般苦涩的

凝在叶脉里的芬芳吗？

舵手

哦，快——
我们一直知道你渴欲我们。

我们带着羊群逃离内陆，
我们在山谷把它们放牧，
割断风
与沼泽咸涩的小径，
我们曾崇拜内陆——
我们走过林中的花，
我们忘却你的气息，
我们掠过林间的草。

我们漫步长满青松的山冈，
穿过橡树林穿过牵缠的枝丫，
我们折断牛膝草折断乌莓，
我们自发间摘下花儿摘下新结
的乌莓果：我们大笑

枝条应声向后拂去
我们从半被掩埋的山岩，
从盘曲的根从橡子里拔出脚。

我们曾忘却——我们曾崇拜，
我们从绿中分解绿，
我们向丛莽更深处寻觅，
我们脚踝浸入
覆满落叶的沃壤与泥土，
林木与林木葱茏的岸魅惑我们——

树皮罅隙逸出的味道，
树与树间迤逦的山坡——
窈窕的小径将田与田
林与林
山与山
缀在一起

那森林追随其后。

我们曾忘却——某一刻
树脂，树皮，
折下的枝条渗出的水珠，
尝起来多甜。

我们曾被田野魅惑——
那一捆捆粗糙的谷草
挺立在更浅的草间——
我们曾爱过这一切啊。
但此刻，我们的小舟溯洄——凝滞——顺流而下——
溯洄——凝滞——徐徐退却
溯洄——凝滞——
哦，快——
我们一直知道你渴欲我们。

正午

那光不住地击打我，

我被惊呆了——

一片碎裂的叶子窸窣在平整过的地面——

我痛楚——溃败。

微风轻摇荚壳——

我的思绪消耗

如黑色的种子，

我的思绪撕扯我，

我害怕它们的狂热。

我在其漩涡里纷飞，

我纷飞

如炎热、干枯的种子。

干枯的种子，

破碎在路上——

青草因埃尘低头，

葡萄逸入
沙沙作响的叶底，
然而远远的在被消耗的荚壳那边
在变黑的薄荷梗那边
那棵白杨明丽于山脊，
那棵白杨舒展，
深深的根扎进树丛。

哦，白杨，你伟岸
于山石间，
我零落在路上，
在岩石的罅隙里。

黄昏

夕晖漫过

一道道山梁

一朵朵花——

地浮萍，在夕晖里

舒展

变暗——

花瓣向内收起，

蓝色的梢

弯向更蓝的心

而花消失。

山茱萸的花苞依然洁白

而阴影已从

根部冲出——

黑暗自根爬向根，

草叶

彼此依持，

阴影寻觅阴影，
旋即　叶
与叶影消失。

海的百合

芦苇，
被砍斫被撕裂
却倍加绮丽——
穗同你的一样硕大
飘逸于殿外阶间，
你却摇落
在风中。

桃金娘的枝叶
被你点染，
鳞片自你干上
纷落，
沙劈向你的花瓣，
用利刃将它犁破，
像燧石
敲击光洁的石。

然而纵使整个风
斫向你，
你却被举起，
是的——纵使它发出嘘声
欲以浮沫覆盖你。

海的罂粟

琥珀的荚
有黄金的凹槽，
沙上的浆果
标示富丽的纹，

珍宝
在松林边迸溅
在卵石上苍白：

你的茎已植进
湿湿的石子
与大海掷出的缓流
与压碎的贝
与撕裂的螺　之间。

美丽，舒展，
火燃向叶，

而怎样的牧场可生出
芬芳的叶
与你明艳的叶比肩?

海园

I.

你很清澈
玫瑰，切入岩石，
坚硬如袭来的冰雹。

我或许能从花瓣
刮下颜色
像从岩石流泻出色调。

假若我能折断你
就能折断一棵树。
假若我能撩动
就能折断一棵树——
就能折断你。

II.

哦　风，劈开，
砍开这热，
将它剁碎。

浆果难以坠进
这重浊的空气——
浆果难以落入
这压平、磨钝了
梨的尖角
揉圆了葡萄的热。

砍开这热——
犁破它，
翻动它
在你路的每一边。

海的紫罗兰

那白色的紫罗兰
在花茎上吐露清香，
而这海的紫罗兰
玛瑙般易碎，
迎着所有风
栖居在沙岸
一簇残破的海螺里。

那从更大的蓝色的紫罗兰，
在山中扑闪翅膀，
可谁愿换取它们
谁愿换取它们
以这白色紫罗兰的根？

紫罗兰
你弱弱握着

沙丘边沿，

但你抓住那光——

是霜，是朵镶着火的星。

暴风雨

你砸向树，

你折断鲜活的树枝——

树枝洁白，

绿被压碎，

每片叶子被撕裂如被劈开的树。

你让树担起

黑色的雨，

你旋转、冲撞——

在风中

扯下负重的木叶，

丢开，

卷起，沉落，

一片绿色的石。

海的鸢尾花

I

海草，有若地衣的海草，
根在沙中萦绕，
海的鸢尾花，脆弱的花，
花瓣如贝
碎去，
你印下疏影
似瘦瘦的柔枝。

幸运的花，
淡香袭来，
不屈的没药的蕊，
樟脑的花，
甜而咸——你是风
撩拨我们的鼻孔。

II

采螺人可会
将你浸湿当他们从你身畔经过？
你的根可会
从沙中拖曳色彩？
它们在你身下可曾滑落金子——
金子做的铆钉？

成束的鸢尾花
越过浪尖
你被涂成蓝色，
蓝若清新的船头
驶入盐草渍痕斑驳。

朝向四方的赫尔墨斯[1]

I.

坚硬的沙碎了，
沙粒
清澈如酒。

远远越过大片大片的沙
风，
在辽阔的岸边嬉戏，
堆起一道道小小的“田埂”，
和一排排大大的浪
碎于其上。

而除却大海众多泡沫构筑的方向，

1　古希腊神话中，商业、旅人和畜牧之神，也是众神的使者，为奥林波斯十二神之一。赫尔墨斯为宙斯与阿特拉斯之女迈亚之子，罗马神话中称为墨丘利。

我懂他
借由三个路向，
赫尔墨斯，
他等待。
犹疑，
朝向三个方向，
迎接旅人，
海的果林在西面
在东面为他遮阴
他任海风吹过；
直面巨大的沙丘。

风荡过
沙丘，
粗糙、裹着盐的草
应答。

干草，
在我踝边摇曳。

II.

小小的
清清的溪涧，
流入地下
从白杨的山冈流下，
水甜甜的。

小小的树上苹果
硬硬的，
太小，
熟得太晚，
因绝望的太阳
与海雾一路搏斗。

林柯
被疑惑
扭曲；

扭曲是

叶片稀疏的林柯。

但它们的阴影

并非桅顶的阴影

也非破碎的帆影。

赫尔墨斯，赫尔墨斯，

伟大的海泛起泡沫，

在我四周咬牙切齿；

而你已等待，

在那海草萦回

岸草的所在。

梨树

银色的埃尘
被从大地擎起，
高高的，我的双臂都够不着，
你竟攀到那儿啦，
哦　银色，
高高的，我的双臂都够不着，
你以丰腴朝向我们；

没有哪树花曾绽放
如此坚固洁白的叶，
没有哪树花曾将银
从如此珍稀的银中析解；

哦　洁白的梨树，
你的花簇
浓稠地覆满枝柯
将夏与成熟的果实
带进它们紫色的心。

✳

神

✳

1913—1917

阿多尼斯[1]

I.

我们每个人都像你一样
已死过一次，
我们每个人都像你一样
已走过木叶的飘零，
破损，弯折，
扭曲，僵直
于冬日的严霜，
随即燃成金色的斑斓，
再被照亮，
清新的琥珀，金色叶片的鳞苞，
加工、重新焊接
于太阳之热的金；

我们每个人都像你一样

1　希腊神话中，美神阿佛洛狄忒（Aphrodite）钟情的少年。

已死过一次，

我们每个人都已走过古老的林中路

找到那簇冬天的叶子

太阳之火里璀璨如金

生气勃勃的林花竟成黑暗。

II.

殿宇正面

你伫立之处的金，

也无此物这般灼灼，

系紧你屐履的金，

自你精心编成的丝发上劫夺的金

也无这昔年的旧叶这般灼灼，

你恋人的脸颊，

眉宇与裸露的柔胸上

锤炼、锻造、

打磨而成的一切金
也非皆有此物这般灼灼。

我们每个人都像你一样
已死过一次，
我们每个人都像你一样
孑身独立，都像你一样
适于崇拜。

皮格梅隆[1]

I.

我将任自己困于
自己的光?
我将任自己融于
自己的热?
抑或我将劈开这石头一如既往
以其表面击碎
我自己的火?

是火阻断我
和我的技艺,
还是我的作品笼罩火?
哪个是神,
哪个是神

---

1 也译为：皮格马利翁，塞浦路斯王，善雕刻。热恋自己所刻的少女像，后与之结缡。

取用的石？

II.

哪个是我，
是石抑或是力
将山岩从大地举起？
我可是这火的主宰，
这火可是我自己的力？

我可是这一旋转
复又旋转的光的主宰？
我是否已将它造就　一如
往昔借由山岩造就神？

我是否借由自己造就这火？
抑或这是傲慢？
这火可是神
在黑暗中寻觅我？

III.

我塑成一个个形象，供我使用，
我塑成一个个形象，帕拉斯[1]
的恩典是我的燧石
赫菲斯托斯[2]为我的助手。

我塑造一个个神
以冰冷的岩石，
那些神远逊于人
因我是人而神是我的造物；

而此刻逝去了什么?
火将我的手震颤，
我的努力已成埃尘。

IV.

此刻逝去了什么?

1 即智慧女神雅典娜，亦称 Pallas Athena（雅典的帕拉斯）。
2 宙斯与赫拉之子，为火神和锻冶之神。

在我头颅上方，火挺立其间，
我的大理石警醒：

每一个神，都完美，
都自完美的喉咙喊出：
你徒劳无益，
没有什么大理石能将我束缚，
没有什么石头能寓示。

V.

它们融入那光
我被苍凉浸透；
它们已消逝；
离开底座，
启程前行。

它们已远去；
怎样的痛楚能表达我的哀伤？

自大理石基座

神一个个步入光

我的造物归为乌有。

VI.

而今我可是那力

曾造就火

一如往昔令神

自岩丛出发？

我可是神？

抑或这火雕刻我

为他所用？

欧律狄刻[1]

I.

于是你令我被卷落幽冥，
我原本可以和人们一起在大地上漫步，
我原本可以终于安睡在盛开的花间。

于是因为你的傲慢
你的残忍
我被卷落幽冥
这里　这里死去的地衣滴下
死去的余烬向那残灰的苔藓；

于是因为你的傲慢
我终被毁灭，

1　希腊神话中，歌者俄耳甫斯（Orpheus）的妻子，新婚之夜被蟒蛇杀害，俄耳甫斯以歌喉打动冥王，冥王准许欧律狄刻复生，但要求俄耳甫斯在带她重回世间的路上不得回头看她，俄耳甫斯未能做到，她遂重坠冥府。

我这懵懂地过活
几乎被忘却的人。

若你由着我等待
我已由疲惫变为平和
若你由着我与亡灵相对
我已忘却你
和过往。

II.

这里只是火焰叠着火焰
而黑暗为鲜红的火花包围，
黑暗与光的闪电
已然无色。

你为何回首？

以至我将

重居幽冥，

卷入空无？

你为何转身？

你为何回看？

那一刻你为何犹豫？

你为何将你

已为阳世的火焰照亮的面庞

低向我的脸颊？

是什么划过我的脸

以那来自你容颜与一顾的光？

你在我脸上看到什么？

是你面颊上的光？

是你威仪的火？

我的面庞又能奉献什么

除却大地的投影，

风信子的颜色

撷自那裸露的石隙

阳光照耀的地方，

蔚蓝的番红花的颜色
和金色的番红花清丽的神采，
和风之花清丽的神采，
在它血脉里疾驰如电
复如白。

III.

来自大地之畔的藏红花，
狂野的藏红花
俯向大地尖利的刃，
一切穿透大地的花，
一切，一切的花已失落。

一切都失落，
一切都被打上黑色的叉，
黑暗覆盖着黑暗
比黑暗更暗，
这无色的光。

IV.

一穗依着一穗
蓝色的番红花，
番红花，筑成墙抵御自己的蓝，
阳世的蓝，
花深处的蓝，
失落；

万千花朵啊，
假若当时我曾闻过它们，
闻够，哪怕就一次，
则不止大地，
甚至不止阳世，
已共我
穿过地下；

假如当时我曾
抓住大地所有的花朵，
假如我曾将它们吸入自己哪怕一次，
吸入那金色的番红花，

那红色的番红花，
那第一朵藏红花的金色的心，
那金色的团块的全部，
那伟岸的芬芳的全部，
我就敢承受毁灭。

V.

于是因为你的傲慢
你的残忍
我失去了大地
大地上的花朵
大地上的生灵，
你横越过光
而抵达
那般无情；
你有你自己的光
有属于自己的风华
你无须任何风华；

然而因为你的傲慢

你的回看，
我要告诉你：

这样的毁灭根本算不上毁灭，
这样的恐怖，这样的黑暗的牵缠、萦结
与陷阱，
这样的恐怖
根本算不上毁灭；

阴间不逊于你的大地，
不逊于那大地上的一切，
阴间毫不逊色，
是的，没有你的花，
没有你的光芒，
没有你的风华，
是缺憾；

我的阴间却并不逊色你的大地，
尽管你漫步花下与精灵
谈笑。

VI.

直面黑暗
我比你，比沐于浮世荣华的你
更多炽烈，
直面黑暗
与荒寒的黯淡
我有更多光；

与花；
若容我进言，
你或该离开你舒适的路途
转向幽冥，
再次转身，回看吧
我将沦入比这里
更恐怖的所在。

VII.

至少我有属于自己的花，
而我的思想，没有哪个神

能拿去；
我有自己的炽热奉给某种品格
我有自己的灵魂献与光；

我的灵魂以它的消殒
知晓：
对抗黑暗对抗无形的岩丛
纵然弱小
幽冥必先崩解，我方零落；

而待我零落，
幽冥必绽放如红色的玫瑰
任亡灵走过。

俄瑞阿得[1]

旋卷吧，海——
旋卷你尖尖的松林，
泼溅你伟岸的松林
泼溅到礁石上，
将你的绿掷向我们，
以你那一泓泓冷杉覆盖我们。

---

1 希腊神话中的山岳女神。

池

你活着吗?

我碰了碰你。

你像海鱼微微战栗。

我用网网住你。

你是谁——被缚者?

月出

你可在海上依约闪烁？
你可将矛掷向
海湄？
我们将定下怎样的乐调？
我们有一阕歌，
在岸边分享我们的箭；
那驰荡的弦索讲述我们的旋律：

哦　飞翔，
将她速速带进我们的歌。
她何其伟美，
我们用松将她度量。

俄里昂[1]亡矣

1　又译俄里翁，希腊神话中玻俄提亚的巨人猎手，为阿尔忒弥斯所杀，死后化为猎户星座。

（阿尔忒弥斯[1]说）

那片山茱萸

自田畦间挺起；

在它们底部根

穿过大麦的枝条扎得更深。

那么，起来，面对我。

我被歌声的狂怒荼毒。

我曾刺穿野性的

鹿的躯体，

而今我不敢触摸

蓝色和金色叶脉的风信子。

我将撕破风信子

丰满的花簇

小巧的花序；

我将自球茎褫去生命

直至那象牙色的压条

偃卧黑色的大地

宛若水仙花瓣。

---

1 希腊神话中的月神和狩猎女神。

起来，

免得我把梣木

完成绷紧的弓，

而去屠戮——去扯落

大地上所有的根。

山茱萸仿若燃烧

将根刺穿大麦的枝条

而我对此早兴味索然。

我折断手杖。

我折断坚韧的枝柯。

我辨不清林中的光。

我追不上风的脚步。

移译

1915—1920

奥德修斯[1]

缪斯，

给我讲讲这睿智的男子[2]，

他漂泊经年

自从洗劫

特洛伊神圣的街巷

别人

死里逃生

回返故乡，

躲过厮杀与大海；

唯有奥德修斯，

成为一位女神的俘虏，

绝望、想家，

思念里全是他的妻子和殿宇；

1　又译《奥德修纪》，相传为荷马所作史诗，描写奥德修斯在特洛伊战争结束后自特洛伊回返伊萨卡的艰辛历程。

2　即奥德修斯，又译作俄底修斯，伊萨卡国王，特洛伊战争中希腊联军领袖之一，献木马计，攻陷特洛伊城。战后归国，十年漂泊，忧患备尝。罗马神话中称其为尤利西斯（Ulysses）。

但卡吕普索[1]

那位泽畔林间的仙女，

在岩隙纵横的礁间思慕，

焦灼

想方设法做他的情人。

但岁月流逝，

时机成熟，

诸神裁定，

（尽管背叛者策划

在审判时将他出卖，）

他该回返

伊萨卡；

所有神祇都怜悯他；

只有波塞冬

坚定如初

恨

1　希腊神话中的海上女妖，曾将奥德修斯截留在其岛上 7 年。

这神一样的奥德修斯。

这位海神探访
那栖身僻远的种族，
——埃塞俄比亚人[1]，
地角天涯
将他们分成两个部落
（一看朝阳，
一望落日，）
那里牛羊的献祭
等待他享受：
当他酣然
踞坐于筵席
别的神祇
在宙斯奥林匹亚的神殿聚首；
这人与神的父如是言道：
（因他忆起伶俐的埃癸斯托斯[2]
为阿伽门农[3]之子，

1 在古希腊典籍中，泛指黑人。

2 与情妇克吕泰墨斯特拉一起谋杀其夫阿伽门农，后为阿伽门农之子大俄瑞斯忒斯所杀。

3 特洛伊战争中希腊联军统帅，迈锡尼国王。

大俄瑞斯忒斯[1]所杀的埃癸斯托斯）

哦　诸神

人是多么仇恨神，

他们说罪恶源自我们，

当他们

以自己的卑劣

招致危险

凌虐他们的命运；

于是埃癸斯托斯，胆大妄为，

勾引阿伽门农的妻子

复将回到寝宫的

阿伽门农杀死，

尽管我们派遣

聪明的赫尔墨斯，

阿尔戈号[2]的痛击者，

去将他提醒

以免俄瑞斯忒斯，

1　阿伽门农之子，杀死其母克吕泰墨斯特拉及与其母私通的埃癸斯托斯，为父报仇。

2　伊阿宋（Iason）率领其他英雄寻找金羊毛所乘坐的船。

他已自成年，

唤起那遗传的血性

开始复仇：

我们不许他袭击那位国王，

我们警告他敬重那位王后；

可赫尔墨斯，

仪表温文，

而又言辞温婉，

如何能阻止这丑恶的伎俩？

于是那灰色眼眸的雅典娜，

那位女神，言道：

哦　我的父，克罗诺斯[1]所生的，

巨人中的第一人，

埃癸斯托斯的死毕竟罪有应得，

以此，愿一切作恶者毁灭，

可我却心伤欲碎

只为那明智的奥德修斯，

他，远离朋友，漂泊流徙，

1　泰坦巨人之一，天神乌拉诺斯和地神盖亚之子，夺取其父王位，主宰天地，后为其子宙斯废黜。

愁苦憔悴，太久地困居
岛屿，波撼浪卷，
在那海中央，
一座林木葱茏的岛，
盘踞此岛的精灵，
是阿特拉斯[1]之女，
就是那诡计多端，
洞悉海的最深处，
负起六根高柱
分隔天地的阿特拉斯；
是他的女儿
令奥德修斯
哀伤心碎，
无休止地诱惑他
用尽温言软语，
为了让他忘却伊萨卡；
可奥德修斯，
宁愿死，
也一心渴望看到炊烟
在自家屋顶飘起；

1　以肩负天的巨神。

您的心，就不为所动，
哦，奥林匹斯神？
奥德修斯不曾悦乐您
当他为您献上牺牲
在希腊联军的船前
在伟大的特洛伊？
宙斯，您为何动怒？

于是，宙斯，
云雾的拥有者，
答道：
哦　我的孩子
多么匪夷所思的言辞
驰过你的双唇？
我岂会忘记
神一样的奥德修斯，
那不同凡响的人物，
那最先向天界的
不死者
献祭的人？
但波塞冬，

大地的环绕者，

虽饶了奥德修斯一命

却生出无尽的恨；

他处处找他麻烦

因为那被奥德修斯弄瞎了独眼的

独眼巨人，半神，

波吕斐摩斯[1]，

这最魁伟的独眼巨人，

是福耳库斯[2]之女，

海中女神托俄萨[3]，

与那荒凉之海的王，波塞冬，

所生；他们曾在

浅浅的岩丛间共眠：

但是，来吧，

让我们来筹划

解救奥德修斯，

波塞冬必须抛下愤怒；

---

1 独眼巨人，海神波塞冬与海中女神托俄萨之子，曾将奥德修斯囚于洞穴，后被奥德修斯灌醉弄瞎了独眼。

2 是希腊神话中原始海神，通常被视为深海的化身。他和妻子刻托子嗣众多，统称为“福耳库德斯”（Phorcydes），包括戈耳工、塞壬、格赖埃、厄客德娜、拉冬、斯库拉、赫斯珀里得斯等。

3 希腊神话中的海中女神，海神福耳库斯和刻托之女。

一个神怎能

但凭一己之力

欲与所有不死者相抗?

于是那灰色眼眸的雅典娜,

那位女神,言道:

哦　我的父,克罗诺斯所生的,

巨人中的第一人,

如果在至上者看来

这合乎正义,

奥德修斯

回返家园,

那就让我们速遣

赫尔墨斯,阿尔戈号的痛击者,

您的侍者,

向那金发的精灵

宣布

我们不可违逆的意愿,

送奥德修斯,

那心灵的勇士

回家:

我将奔赴伊萨卡，

去激励他的儿子，

把勇敢放进他的心，

让他将长发的希腊人

召到市集

对那些求婚者

关起门扉

他们无休止地饕餮他的牲畜，

羊和步态悠缓

长犄角的牛：

他奋起抗争

为了他的父亲

赢得支持

在人们心中，

我将他送到斯巴达

送到普洛斯[1]黄沙漫漫的荒原。

她说罢

脚上

1　指《伊利亚特》与《奥德赛》中奈斯托耳治下的王国“漫漫黄沙的普洛斯”，位于伯罗奔尼撒半岛南部海岸。

扣紧明丽的屐履，
黄金锻造，所向披靡，
将她托举，飞渡汪洋，
横越绵延的大地，
像风，
像风的呼吸。

许门[1]

1921

1　希腊神话中的婚礼女神。

喀耳刻[1]

将他们随意弯折
足够容易
一碰就将他们改变
足够容易，
但你
漂泊海上
我该怎样召唤你归来？

雪松与白蜡，
岩松，沙地植物
和柽柳
红松，白松
与森林最深处的苍松，
芬芳倚着芬芳
我海的魔法尽都化为乌有

---

1 希腊神话中，能将人变为牲畜的女巫。

足够容易——

只消一念即唤来他们

自地角天涯；

他们祈祷一触

他们惊叫因看到我的脸庞

他们乞求我

直至我满怀悲悯

将每个人化作他本身。

黑豹　黑豹

黝黑的豹

紧随身后——

黑色的豹还有红色的

及一头硕大的猎犬，

神一样的兽啊，

在沙上画一个清晰的环

遂将我摒于大地之外，

遂覆盖海的声响

以它们的喉咙，

以它们的吠叫

嘶吼和咆哮汇成海的呼啸，

加之如海的星斗

沙的漩涡

柽柳于岩间的摆荡

以及风的回响——

可却没有你的声音。

足够容易

唤来人们自四野八方。

足够容易

召集人们来至我的脚下

只消一念——

多美啊得见高挑的黑豹

猎鹿犬

在黑暗里盘旋

足够容易

令雪松和白蜡的水汽

袅入宫殿
覆盖海的洞穴
以象牙与缟玛瑙。

但我愿放弃
珊瑚石质的缘饰
我岛上殿宇
最幽深的密室
以及我自己的才华
我的权力和魔法
的整个疆域
只为你一顾。

丽达[1]

那儿　悠悠的河
与潮水相遇的地方，
一只红天鹅举起红红的翅膀
扬起微暗的喙，
在他的柔胸
紫色的绒羽下
展开他珊瑚色的蹼。

穿过夕阳与暮霭
弥留的热
的深紫，
平坦的阳光
抚慰
百合以黝黑的胸，
以愈加富丽的金

1　希腊神话中，丽达为斯巴达王廷达瑞俄斯（Tyndareus）的妻子，与化身天鹅的宙斯生下海伦。

点染金子般的羽冠。

当潮水徐徐
升起，
漂入河中
缓缓游弋
于苇荡，
擎起黄黄的旗，
他漂过
潮与河相遇的地方。

啊王者似的吻——
再无遗憾
也无古老深邃的记忆
玷损这狂喜；
璀璨的玉簪
舒展，休憩
于红天鹅翼下
柔柔地翕合
于红天鹅胸间
暖暖地颤抖。

布谷歌

啊，鸟儿，
我的爱从未消歇
永恋你清澈的音符，
我的灵魂也从未餍足；
不是歌曲，不是怨诉，不是伤害，
而只是一声召唤将我们汇聚
哦　朴素的高音
轻柔的抑扬；

不是唱给更为珍奇的天堂
那里百合娉婷，
也非唱给那枝月下香
凭依阳光炙烤的墙，
而是唱给那幽雅的
雪松的殿堂；

不是紫色的大理石

垂下玫瑰垂下秀拔
甜蜜的百合——仿若
夜莺
愿用它的怨诉
为我们召唤——

（是的，唯有忧郁
能够激荡
牧歌！）
而不是夜莺，不是她
以缱绻的欢乐
盈满我们的灵魂：

啊，鸟儿，如此甜蜜的鸣啭，
绝非那燕子所有——
绝非她所有，如此完美的
天青色双翼

与美丽的胸襟——

更不是黄鹂

用它火热的喉咙

让旋律

萦回岛屿的果林

在紫色的海上。

啊亲爱的，啊温柔的鸟儿，

张开你温暖

绯红的绒羽

与织就的斑驳

让我们为之凝眸，

不麻木于狂喜

不沉溺于死；

只有你抚慰，安定

我们头脑的阵阵疼痛：

于是透过她的林木，

当她一切的希望飘远

一切的痛苦消逝，

卡吕普索听到你的呼唤——

横越摇曳

如火的雪松，

横越低低的花床

欧芹与紫罗兰在那里徘徊

她一切的希望已死去。

断章 113

“对我来说既非蜂蜜也非蜜蜂”

——萨福[1]

并非蜂蜜，

并非蜜蜂的战利品

掠自牧场、沙花

或山林；

夺自迟来的热

诞下的冬蕊或芽苗；

并非蜂蜜，并非甜蜜

滞在唇边与齿间；

并非蜂蜜，并非深深

闯入柔软腹部

并非缀着金穗儿

1 萨福（约前7—前6世纪），古希腊女诗人，相传著有抒情诗9卷，哀歌1卷，今只有残篇传世。

沾满花粉的双足；

并非如此——
纵使沉醉盲了我的眼瞳
渴念脆了
暗了、钝了我的嘴，
并非蜂蜜，并非南国，
并非红红的并蒂百合
高高的干，
并非缚于柔软明亮枝条的果树
明亮的枝条；

并非蜂蜜，并非南国；
啊瑰丽的鸢尾花的蕾，
白色，
或彩虹色的蕾，憔悴了青草——
斑驳明灭的太阳之火

聚集多少热与力，
影子印下光，
从黄色鸢尾花
花瓣间掷落的光；

并非鸢尾花——旧了的欲望——旧了的激情——
旧了的失忆——旧了的苦痛——
并非鸢尾花，也非任何花，
但你若再转身，
寻觅手臂与喉咙的力量，
神一般的抚触；
别去管里拉琴的音符；
知道你将抚摸，
琴身，
啊绝非琴弦的战栗
而是热，是更炽烈的
骨，是洁白的贝
是淬炼过的灼灼的钢。

✳

赫里奥朵拉

✳

1924

赫里奥朵拉[1]

他和我一同寻觅，
桌上斑驳的，
韵律和花卉，
命名的才情。

他说，除却其他，
我将带来
（遣词熨帖优美
但尚不及我的用语）
“爱雨的水仙”

我们劳心于一个名字，
烛光燃得瘦了
晨曦从外面流进，
一个魅影，最后
抑或最早的赴宴者，

1 女名，意为“日神的赐予”。

坐在室内
陪那两个留下的人
以花与诗争执
一个女孩的名字。

他说，“雨丝，恋慕”
我说，“水仙，酣醉，
为雨丝酣醉”。

可我输了
因他说，
“玫瑰，恋人的赠礼，
是爱之所爱”，
他说完，
“爱之所爱”；
我等待，甚至在他说时，
仍等着看室内盈满光，
仿若冬日
余烬散入风中
而室内潮湿阴冷；
我思忖，它将以光，

充盈我们的小屋，
这时他说
（他总先开口）
“玫瑰，爱的欢愉，
是爱之所爱”，
而那光依然无改。

随后他蓦地，
看见我瞳孔中的火，
我的火，或许，是我的狂热，
他探身
不顾紫色的酒
打湿衣袖，
却说：
“你可曾想到
女孩的唇
被吻捉住时，
宛如百合欢笑？”

我不曾想到。
我此刻方明了，

而男人们此后必定永远知晓；
却再没有诗人能写出，
“红红的百合，
女孩的欢笑被吻捉住”；
而他的诗行倾入桶中
所有诗人汲取、痛饮，
诗人们在这点上是兄弟。

于是我看到火燃在他眼中，
那几乎就是我的火，
（只是更年轻）
我看到那脸庞那般白皙，
我的心怦然跃动，
那几乎就是我的诗句；
我说：“让缪斯诧异
令她们吃惊；
可是晚了，
曙色已升起，
伊人已睡去，那九位，
我们君王的情人。”

名字谱入诗笺，
花儿奉与名字，
那少女何为，娇弱、羞涩，
星眸有若桃金娘，
（我说：“她的双颊
更像桃金娘。”）
且与九位缪斯抗衡？

让他得到那名字吧，
他拥有韵律，
“玫瑰，爱之所爱，
百合，绽放笑口”，
他拥有才情，
“馥郁的番红花
帝王色的风信子”
一个女孩如何抗衡九位缪斯？

他说：
“我要为她编织花环”，
他说：
“我将这样写道：

我将为你带来欢笑的百合，
我将编织
柔曼的水仙，桃金娘，
甜蜜的番红花，洁白的紫罗兰，
帝王色的风信子，而最后，
萦入那玫瑰，爱之所爱，
它们或会坠落在你发间
那簇稍逊柔曼的花儿，
或会将甜蜜融进那发丝的甜蜜
赫里奥朵拉的鬈发啊，
缭绕如没药。”
（他这句“缭绕如没药”，
我觉得，前无古人）

我说道：
“她们睡去，那九位缪斯”
话音未落，他火急火燎地嚷起：
“那就给她们九个！
在山冈之上
太阳即将醒来，

今日何日洁白的紫罗兰
闪耀在洁白的百合身畔
山梁上飘漾
今日何日水仙绽放
哦爱雨的水仙。”

我看他走向门口，
盯着他的晨衣
这时酒碗碎落地板
酒浆溅入几处潮湿的庇荫
（啊，他帝王色的风信子！）
我见他走出门外，
独自思忖：
将再没有哪个诗人
在此后所有世纪
敢于模拟
我的友人的诗行
“女孩的嘴
是被吻的百合”。

诺西斯[1]

我曾想听他讲
那女孩或将醒来
令花园洒满银辉
仿若洁白的月轮碎去
“诺西斯，”他高声说，“一簇火焰。”

我说：
“一个几百年前
夭亡的女孩；
一位诗人——又能如何？
在那些岛屿，
在古希腊的爱奥尼亚，
罗德及塞浦路斯的风俗里
女孩卑贱。”

1 诺西斯（Nossis），公元前3世纪早期诗人，意大利南部罗克里斯人。她的抒情诗多散佚，仅有若干警句传世。在作品中，她将自己与萨福并提。

为试炼他的心性，
为令他暴怒、欢笑、歌唱或哭泣，我说：
“在古希腊的爱奥尼亚和塞浦路斯
今人发现很多女孩
戴着花环和苹果枝。”
“她只逝去
一百或二三百年，
然而男人们已然忘怀”；
他说，
“我要一所花园”，
我以为
他想在山间筑一方田，
将清泉弯向其间，
播种水仙，
种植弗里吉亚紫罗兰
我以为
那即是他的心愿与奇想——
命名每一朵花看每一朵花开。

但他的苑囿绝非花园
辉耀推罗紫罗兰，

他的苑囿是避难所

由火焰与精神铸就，

当他将她之名

掷向黑暗，

我想路畔的

鸢尾花

定是诺西斯的魂灵。

“谁织就这花环，

又是为怎样的男子编织？

说吧，我的，饰满林花

与歌曲的，至爱，

说墨勒阿格怎样带给戴克里斯，

（给那迷人的友人的礼物）

蕴满诗人之名的记忆。

他为宓罗[1]和众人，

觅寻百合，

红百合赠予阿妮特

1　宓罗（Moero/Myro），生活于公元前4、3世纪之交，是拜占庭最优秀的女诗人之一，相传著有讲述宙斯早年生活的史诗《记忆》，叙事诗《诅咒》，及大量警句，但流传至今的只是吉光片羽。

献给萨福，玫瑰，
他，与寥寥数人一起，捕捉
鸢尾花叶
甘甜的气息，
那没药—鸢尾，
置于小几
与灯烛边
那爱神点亮的烛火，
为诺西斯蜡泪纵横。”

这时她写道：
“我诺西斯持守此言：
我声明爱即甜蜜；
你若有不同见地，
请断言怎样的美
怎样的魅力
较诸爱的魅力
仍保有典雅？”

“蜜，”你说：
蜜？我答道：“我自口中

唾弃蜜：
因厄洛斯的甜蜜
无与伦比。”

“我诺西斯起身声明
为爱轻忽者
了无一物，没有花，没有优雅，
匮缺玫瑰者，匮缺她的吻。”

我曾想听他讲
那女孩或将醒来
令花园洒满银辉
仿若洁白的月轮碎去
“诺西斯，”他高声说，“一簇火焰。”

我们

我们被留下：
我佛然显露
厌憎与痛苦；
你不耐烦地
握住我的手；
虽不经意，
却灼痛它们的重量
像碗，边沿全是余烬，
垂下
白玫瑰硕大的花瓣
为热所迫
过早摧折。

我们被留下：
像堵空空的墙，世界，
大地　男人在攀谈，
眼神空茫

说他们的生活空间
何其雅致，
可他们的浑噩却总错把
空漠的表面
当作最后的避难所
与憩息地。

我们留下：
可借由怎样的奇迹
我在百折千回的脑际求索，
再次提问，
我们是否曾相遇
在那诡奇的迷宫　歧路纷繁
逶迤哀伤之石，
我伫立其间?

断章 36

我不知所措

我的心劈成两半

——萨福

我不知所措
我的心被撕碎：
是歌的礼物最好？
还是爱的礼物最怡人？
我不知所措
此刻睡眠
压紧你的眼帘。

是不是该打破你的休憩，
急切而又热切？
是爱的礼物最好？
不，是歌的礼物最怡人：
可若你离去，

怎样的狂喜
我能从歌中获取？
又有怎样的歌曲遗下？

我不知所措：
是转身熄灭
那灼烧的盛怒，
以我的呼吸点燃
凌乱你清凉的呼吸？
那么我该转身
拥抱雪？
（爱的礼物是不是最好？）
然而片片
雪花没有一丝慰藉，
你躺着，好奇：
是已醒来还是仍在睡。

是不是该转身
拥抱没有一丝慰藉的雪？
并将唇印上
不予应答的唇，
印上
不战栗亦不开启的肉体？

爱的礼物是不是最好？
我是不是该转身熄灭
所有狂野的恋慕？
哦　我渴望你！
一如那七位仙女化作的星辰摇撼
澄澈的光于那澄澈的水，
我是否要那样得到你？

我思绪纷乱，
心神不宁，
这般完美的匹配，
我不知所措：
彼此搏斗，
宛如两个白皙的摔跤手

起身相抗，

方欲转身握紧

却从未撼动肌肉与筋腱；

如是　我的心等待

攫住我的心，

可我静静躺着，

看似小憩。

我不知所措：

奋力拼斗，

声浪盖过声浪，

我的头变盲了；

仿若浪涛正待落去

而（趁它落去）

风或会从它的羽冠

夺去飞沫，

一片片白色的雪花，

腾起，

似欲冲荡　悸动

撕裂那光，

如是　我的心犹疑

于激情之上
摇摇欲碎，
如是　我的心犹疑
于我心之上，
倾听歌的欢愉。

我不知所措：
声浪可会在
撕破夜幕时
伴着一瓣瓣玫瑰
与一朵朵零落的光一起碎去？

声浪可会终于碎去
此际浪涛犹疑，
整个夜可会逝去
我醒来静卧聆听？

卡珊德拉[1]

许门，哦许门王，
这是什么，如此苦涩？
怎样的利箭，洞穿我心？
怎样的创痕，怎样的光芒，怎样的火焰
烧灼我的眼瞳我的眼？
未名的，哦已言的名，
王啊，主君，言说无可指责的海门。

你为何让我的眼睛失去光明？
你为何疾驰搏动
直至一切黑暗抵达，
方找到我的灵魂
粗鲁地把它拽回？
量度这无可量度之物，
将那黑暗打开？

1　特洛伊公主，特洛伊末代国王普里阿摩斯之女。阿波罗赋予她预言能力，但因她拒绝接受阿波罗求爱，后者遂下令不准人信其预言。

说吧，未名的，权威与力量：
什么时候你将让我安静？
什么时候你将折断我的双翼
或让它们彻底自由
量度那无尽的天空？

我的心苦涩、
碎裂，哦，许门王，
但不是干旱也非刀剑
令人困惑无措，
为什么他们佯做畏惧
我处女的一顾？
是全然伪装还是真的
为什么他们退缩？
我的恍惚令他们战栗，
将舞蹈打断，
使市集空无一人；
我只是经过，他们就
退却，惊慌不已；
却偏偏总是嘲弄轻蔑？
除非他们瑟瑟踉跄
仿佛在你的庙宇

聆听你的谕旨。

哦　许门王，
主君，最伟大的，威与力，
看我脸颊乌黑
为你的光芒你的火焰
所焚，哦许门王；
是否已无人
能与我匹敌
狂喜和欲望？
是否已无人
能同我一起
承受你的吻你那白色的火焰？
是否已没有
弗里吉亚[1]人或狂暴的希腊人，
已没有韵客，歌者，或吟游诗人，
已没有那宜于从我身上拿去
谣曲苦涩之力的人
那适于言说，许门王啊，
言说你的赞词的人？

1　小亚细亚中西部古国。

我可不可以婚配
一如已然婚配的你？
那会不会将，美，
自我手中，心底，抑或足下夺去？
爱会不会躺在我身旁
直至他的炽热
焚我为烬？
他会不会抚慰我，那时，
一切火焰与炽热已耗尽，
仍，白如灰烬，清冷
一如经雨的月桂，
白皙皎洁，趁你的脚
尚未踏上山麓，
趁你灼灼的手
还未掀起
那覆盖着花朵和大地的披风，
仿若男子掀起，
哦　许门，新嫁娘
（双眸瑟瑟发抖）的面纱
哦　许门王，温柔些。

断章 40

爱……苦涩又甜蜜

——萨福

1.

携着爱，他展开翅膀，
带着弓，
向上，愚弄我们，
携着爱，他奚落我们
然后逃开。

携着爱，他躲
进另一个世界，
远离我们。

携着爱，他愚弄，
啊，又苦又甜，

你的甜
比你的伤害残忍。

蜜与盐，
从岩石中燃起的火
邂逅
自黄昏星溅出的火。

火驰向高空，遇见火：
就在那一刻
爱进入我们。

2.

厄洛斯[1]能否被拥有？
他身陷囚笼良久
病于监禁；
厄洛斯能否被拥有？
别人或许曾想打破
碾碎他的生活。

1　希腊神话中的爱神。

厄洛斯能否被拥有?

一样负罪的我们，凭“塞浦路斯的丽人”起誓[1]，

或已将他即刻投入牢狱。

厄洛斯能否被留下?

无此可能，感激厄洛斯，他将那明慧的女神

留与我们。

3.

啊，爱苦涩又甜蜜，

但哪个更甜，

是甜

还是苦?

却没人说起。

爱很苦，

但盐能玷染海中花，

玷染哀伤与幸福吗?

---

1 “塞浦路斯的丽人”为美神阿佛洛狄忒的别称，厄洛斯为阿佛洛狄忒和阿瑞斯的幼子。

会不会苦
将爱还给那爱你的人
那渴求爱的人？

会不会苦
将爱还给那爱你的人
那期冀
钟情于爱的人
谁能说清，
或者会甜？

会不会甜
若完全拥有？
或会不会苦
苦如灰烬？

4.

我曾以为自己脆弱；
一片花，

叶面和叶底
有相等的光。
我曾以为自己脆弱；
一盏灯，
有若海螺，象牙或珍珠的外层，
行将破碎，
火弱焰微。

我呼喊：
“我必毁灭，
我被抛弃，
一个亡命者，绝望
于黑暗中。”
（那火焰斫我以黄昏星）
转瞬破晓。

5.

何须一盏灯
当白昼将我们照亮，
何须束缚爱

当爱伫立
张开璀璨的双翼
将我们笼罩？

何须——
为了歌唱爱，
爱必先将我们击碎。

断章 41

……您轻快地飞向安德洛墨达[1]。

——萨福

1.

我是不是盲了，啊，
是不是盲了？
我也曾随她
走过小径。
我也曾在她足前俯身。
我也曾醒来为了摘下
婷婷的茎上那朵不凋花，
杯中那朵紫色的不凋花，
几乎枯成白色。

1 埃塞俄比亚公主，其母因盛赞其美貌而得罪海怪，以致举国罹忧。安德洛墨达挺身而出解民倒悬，被囚禁于大石之旁，后为珀修斯救出。

我是不是盲了？
我是不是不配做她的献祭？
我是不是不够急于
向她，向忍辱负重惊才绝艳的她
奉上其所要求的一切？

我是不是全然失陷，
那个凌越你凌越她的瞥视，
以愈加迅捷的步伐疾走，
拥有更其明晰的视景
及炽情
相形之下令你们两人
仿若灰烬的我是不是全然失陷？

不，我回赠那位女神
在那丰饶的一瞬
交付的礼物。
我归还。将它重新放上
她殿内白色的供案，
而那美　她曾摈弃
毫不顾惜。

我也不去呼喊：

“为什么我曾屈服？
为什么我曾避开
那些礁石
它们将海上的路途标示？
阿佛洛狄忒，忍辱负重，惊才绝艳，
赐予悲悯吧，转过身，回答我们。”

啊　不——纵然我蹒跚
行于她的祭坛之阶，
纵然我的血肉被灼烧，撕扯，
弄破，割下，
磔裂；
纵然我用脚跟踩紧自己潮湿的人生
由黝黑、幽暗到绯红，
点染她平坦、缀着玫瑰的
甬路口。

2.

我是不是盲了，聋了，

耳朵什么也听不见？

哦，不，我的恋人，

忍辱负重惊才绝艳的恋人，

我要对你说：

那时我并未睡去，

并未在炎热的岩间睡去，

当你在等待。

我并非毫无觉察

当我顾望海上

凝眸那些紫色的船。

当我背过身，我没有失明，

没有无动于衷，虽然彷徨

踟蹰　当我们仨前行

或看似离开路途转向

那同一朵不凋花。

我没有麻木没有死去　当我

在夜幕里回向我们休憩的眠床。

我没有无动于衷当我背过身

静静躺下。

我没有死去我在睡着。

3.

至美的淑女，

我向你如此陈词：

说我已奉上小小的献祭，

说我不值你抚触，

但不要说：

“她曾求助某位冷冽，从容的神，

沉默，悲悯，更受崇仰的神。”

至美的淑女，

我向你如此陈词：

不要说：

“她摈弃我圣坛的阶梯，

我白色的炉内

火光太过熊熊，

她却步于我的一顾。”

淑女哟，你惊才绝艳，忍辱负重，
我曾为你带来些小巧的花环，
（它们是一个孩子的献礼）
我曾为你献上没药树叶，
和清新的乳香树，
我曾为你铺陈玫瑰花瓣
和海滩采撷的白色的半日花。

但此刻我要敬上更伟大的献祭，
我要一并奉上生命与灵魂，
我要呈献一种风华，
没有谁曾敢言及，
免得你祭坛边的人们向他致意
有如奴隶，无视你的技艺；
我比她们都大胆
比那献上自己鲁特琴的歌者，
比那献上自己被玷污的面纱的少女，
比那献上临盆的包布，
铅笔、白垩，
镜子和皂盒的妇人。

我比那少年奉献更多
他在你的阶前
赞美自己，
赞美他的镜子他友人的面庞，
而我向你奉上：
（唯一的力量
以便我再无力收回我的献礼）
我献上我的颂美以及：
我的恋人
给他的情人的爱。

断章 68

……甚至在哈迪斯[1]的殿宇

——萨福

1.

我妒忌你因你有死的机会。

我是多么妒忌这一点。

而比起你的顾盼

我更垂涎他。

我更渴慕他的翩然，

尽管他可怕、猛烈的一握

将我折磨。

尽管他抱紧我

与我意愿相违，

1　另译“黑帝斯”，希腊神话中的冥界之王。哈迪斯是第二代主神克洛诺斯（Cronus）与瑞亚（Rhea）的长子，众神之王宙斯（Zeus）和海神波塞冬（Poseidon）的兄长。

且以他的律动酷刑我，
轻松自如又力道十足，
屠戮我吧
在这最恐怖的竞赛里，
可，我多么妒忌你因为你有机会。

尽管他刺穿我——专横——
铁——发烧——埃尘——
尽管美被屠戮
当我零落，
我妒忌你因为你的死。

于我而言美算什么？
难道她尚未将我屠戮够
难道我不曾呼喊
在爱、恨与出生的苦痛中
在被碾碎的高傲里？

剩下什么在这之后？
在你的拥抱之后
死能在我身上释放什么？
你的抚触，
你的躯体
给我更可怕的伤。

死能给我怎样的伤
是你不曾给过的？

2.

死能寄给我什么
是你不曾寄过的？
你采撷紫罗兰，
你说：
“你的头发一样黑，
一样芬芳，
你的眼眸一样明亮，
你的头发一样柔美

当绯红印上你发丝的天穹”；
为什么那些微不足道的言辞
与你采撷的紫罗兰
竟那样珍贵？

因为死我多么妒忌你；
为了屠戮，为了震慑
死能带来什么，
比记忆里最初的紫罗兰
比你偶尔提高的声音
比你屈身时不经意的
耀眼的悸动
更黑，更璀璨？

3.

于是那位女神杀死了我
因为你偶然的微笑
因为我将披巾解开
你正俯身向它；
于是她将我包围

以你掀起面纱时
扬起的手臂，
以那一闪即逝的微笑与忘却自己。

我本就该懂得？
不，无须怜悯
纵使我折断，
被那女神的恨碾为齑粉，
纵使我最终被击垮，
我也曾将目光高高地掷向
她的所在。

别来怜悯我，不必，
可我多么妒忌你
因为你有死的机会。

给青铜的红玫瑰

1931

给青铜的红玫瑰

I.

若我能承受青铜的重量
能餍足
我可怜的手指
着迷地劳作，
若我能做出
眼睛和嘴和下巴，
若我能取一方幽暗的青铜
于下唇之下
锤进一线凹痕，
（几分揶揄，
几分讥嘲的微笑
你情愿穿起）
若我能安逸我的手指与大脑
以敲击
敲击

敲击

敲击

敲击——某物（石头，理石，专注，

坚定，令其显形）

和平，

甚至神奇的睡眠

或可重来。

II.

一切顺利

他人傻乐，

转身，微笑：

你以为我或许会看出你逗趣的地方，

至少目前

将看到

（高明者的瑕疵）；

你知道

我会显得太陌生，太高傲，

相对那倏忽变幻的寻常，

那半吞半吐的琐屑，

那似笑不笑的笑意。

那已言

与未言间

微妙微末的区分；

以及那句“我是不是曾在哪儿见过你？

不记得了？不可能”，

连同那似笑不笑的半个微笑，

那被打断的点头示意，

“一块土

可以滋育最珍奇的花，

所以我？”

还有那本就是答案的问题

那

意味着所说的一切

并不是在回答的事儿；

这儿，

这儿，

或这儿
或这事儿
那事儿；
以及你刻意朝这儿
朝这即逝的怪念头的一瞥中
漫不经心的致意；
第二级以上的某层大理石台阶间
两人中小小的（或高高的）那个，
不住地说啊，
说啊
在喷泉边。

III.

依据你的高度我把多数人归入猥琐，
两者都不太高，
就某一品位而言，
没有人无足称道，
但觉察到衣缝下
陷落
或绷紧的肌肉的

粼粼熠熠与幽幽，

我感觉我必须转身、撕裂、扯去

那匹华美的布

从这已铸成的股与臀上

逼你握住我灵魂的诚挚，

选出

我，

我，

以迥异的方式应对

这有待挑战者。

IV.

我想说，

来吧让我立刻着手，

就在今天——

绝不要拖到明天。

我的作坊

就在奥林匹亚近旁，

冬天很冷，

夏日——哦

那份热

无处可比。

人们说困苦

鞭策热切的灵魂；

为什么他们偏偏把自己的所有恶意

喷向艺术家？

尽管那当然无关

这个问题——

我是说

现在就来

就在今天；

原谅我；你的黑发

以蛇样的曲线

攫住光，

这里，

那里；

光在月桂叶上明灭

太阳在那里

捕捉铜绿的闪烁，

月桂叶

或棕榈，

此类任其涟漪
漾过花冠
漫向星辰的植物；

你也许是玛尔斯
或者亚克托安
那女猎手
吩咐猎犬
扑向的人。

V.

我将我的炽烈藏进
“那类东西，
你知道它多讨厌”，
在反讽方面
开始我精湛的技艺，
用口与眸
做成那神秘的东西
那激起怨恨的诱惑，
以至所有人，看到它，都凝目，

以至所有男人（看到它）
都将舍弃女人，
（喋喋不休）
我终将做成一个东西，
直截了当，
绝不
迷离
或迂曲；

这就是我的嫉妒我的恨，
纵使我以别的方式宣告，
说：
“权作恩惠，
那下颏的一转，
正是我等待的东西，
你知道达尔菲运动会上那些裁判，
那古典的音符，
那世人誉为完美的
一触；
惹人厌烦吗？
可我必须完成我已开始的一切，

那高高的神正伫立
于跑道。”

这就是我的嫉妒
（以至我小心翼翼
用微笑的面纱将它掩起）
以至我将澄净那如火的空间，
以至绝非仅仅是一个女人的爱历久不衰；
以至我将你青铜的头颅放到它的位置，
在基座周围，
我的玫瑰常开不败，
而别的，
比如，那些，
站在阶前，
她也许献上的花，
抑或那些白色花试探性的给予，
抑或这片叶上那些略显逊色的紫蕊，
都必定萎落、凋零、苍白
（哦　多么逼仄的空间里）
为烬为埃。

在雨中

I.

我曾说过，
“城中的鸟
昂着更贵族的头”，
而你却说，
“唯有野天鹅方具王者之风”。
假若那时我跑过广场
（在雨中）
不跑得那么快
我会余下一口气解释；
我不屑结结巴巴，
“可这——
可这——”
哦　你没有给的
吻
哦　你没有命名的

温柔的名字。

II.

我是快乐的；
那冷是披风，
经雨的石上黄金
铺陈如毯；
我双手握向雨，
心中没有一丝苦痛
唯有金子，
金子，
金子，
在我头上，
一顶皇冠。
雨倾落如注
承溜奔涌，
（湖水漫过堤岸
那般慵懒）
我自语：
“我快乐于他从不告别

从不疑问
我为什么迟到。”

III.

我今天迟到，
你昨天迟到，
但他不曾说过，
“抱歉，
劳你久等了”，
我抬起脸，
讶于
他脸上看不见答案，
与吻痕
（爱是囚笼，
是陷阱）
鸟
举起失去激情的翅膀；
什么，
什么也不如
那奇迹美丽　它

不知不觉，

在雨中将我攫住；

我脑中唱起

我从未梦想唱起的旋律，

“我要狂欢，大笑，歌唱，

而他正离去”，

我悄声地唱啊唱：

“死亡能不能给出更甜蜜的东西？”

我自由，

哦人行道为我铺满你的金子，

我是青春

青春是我

我是青春

虽然爱曾令我

苍老。

IV.

我将自由，

没有恋人的吻

将我束缚于大地，

没有爱的狂喜

抵消

真实的狂喜，

（那风

那雨）

亦无爱的苦痛

割断欢乐的纤维

风多冷

苍老的，老老的街

多美

通向神庙的路多美，

庭中将植满

黄杨

和桃金娘，

小树林已酬谢了

神的馨香

有一天

我会将它们照看：

那时，

空中

将盈满重重翅膀；

喷泉池，不见

涟漪与波纹，将涌出

生命，

将铃音复制

于紫水晶之水

透明的铃音，

紫，

与些许

绯红

赤裸的梁柱将露出

朱红；

空荡荡的广场，

神伫立其间

携着弓

携着私密的箭；

我的心将颤抖屈身，

我将出发，

记起

轻抚我额头的你的手，

（哦　额在燃烧

你将它治愈，

额已焦敝

你令它冷却）

而现在

我可以走过神龛，

走过一排排神圣的

移植的苹果林

（塞多尼亚人？）

一个异乡人，

一个蒙昧的陌生人

对爱

一无所知。

V.

鸽群

回旋闪烁熠耀

羽与翼

星辰

在高天

（爱所在的地方）

我在乎吗？
我在别处
寻觅食粮，
在他方
找到
居所，
我编织
幽幽的、幽幽的月桂
的纤维；
为离开
而离开你，
（不顾你）
离开一切，
（不顾你）
而在延迟里
我向
神低首；
（哦私密的歌曲，
我的主，
哦火焰
与斯世）

我将遗下
你人格化的万物
在空洞的祭坛边
找到力量。

VI.

别到那里，
别，
你有整个世界，
去任何地方吧，
去所有地方，
你有披风有翅膀有权杖，
千途万径都属于你，
一切，一切神坛都属于你
除却这一
属于
我的私密的神；
别走近，
去这儿，
去那儿，

去你愿去的地方，
你是赫尔墨斯，
死之神，
你是男人，
佯做拥有神的头颅，
抑或一个神假扮男人的软弱，
男人的狡黠，
皱眉，
或敏于微笑，
你是高处的神，
亦是低处的神，
赫尔墨斯，
踏上死之途；
你说，
“你昨天迟到了”；
坚强的心可曾流血
因这随便的男人
随便的一句话？
而神说：
“你迟到了。”

你造访幽冥
或天堂之门，
而我行走
在大地，
没有了你的轻抚，
（那无以言传的至福）
感恩神，
没有了你的吻。

VII.

你头上
缠起桃金娘，
缠起月桂，
缠起红红的
玫瑰；
（身为神）
他知晓
为何你与我们同处，
为何你与我们
一起浪荡、交往

与游戏；

输了

赢了

你可介意？

爱是陷阱，

是羞耻，

被爱戕害的人

踉跄蹒跚，瞠目结舌，

在这世界上流离失所，

被中伤被诽谤，

脚踝缠起紫罗兰，

缠起桃金娘，

欲开未开的桃金娘，

曳着无以言传的甜蜜

与失落，

失落，

失落；

我们受了重伤软弱不堪

可——

我死时

你曾将我唤醒，

现在你走了，

我死了。

假如你愿意任我歌唱

假如你愿意任我歌唱，

那神将眷顾

我们每个人，

在树里

他找到自己野性的达芙妮，

他

在荒败的基座上，

刻下

风信子。

让宙斯记下

I.

我说，我已倦怠，
倦于这一切，
你微笑着那平静的
已成痼疾的寒冷的微笑

而光退却；
偏执的妩媚
讥嘲那一列列
执拗的苦涩；

你微笑轻启炽烈
冷漠轮廓分明的唇；
仿若恶从不可能
存在；

故而，在帕特农神庙上，
像辉煌摒弃
危难，
你望向不可侵犯的黎明。

II.

男人无法将你损伤，
女人无从打碎
你生来就有的力，
和你完全的自主；

我也不会恳求
这微不足道的诗章；
它只勾勒
爱的权威：

但请原谅，
在这些璀璨的日子，
我重又召唤黑暗
来构筑你的礼赞；

就像为让明亮的房间
更加明亮，
人会故意
将地狱之犬般的夜注望。

III.

有时我责备你的衣着；
我想要所有男人都看到你的优雅；
我揶揄你的步伐，你身体的桀骜，
因觉所有人都应赞美，而你仍固执
仍将自己的至美之金坚称为泥：

我责备你没有完全挺立，
在莹洁的底座上，被不堪地渴欲
而我却将欺骗、挫伤你的奇想，
将打碎我的思绪，再依你的音律将它缀起
正如有人把雕像放在高处
告诉人们雅辛托斯和潘曾经来过。

IV.

当凋萎盘踞　波斯人宛若疤痕
死亡、瘟疫、战争重压雅典城，
你予我华美的衿裾与指环；

我只有微末的智慧
谱成的少为人知的歌和愚人之得，
我将这些献与你因我别无所有；

那雅典和波斯人都奚落的
你接受，宛若饥寒的鸟儿接受，
黑暗里飘零的谷粒与凋落的雨。

V.

你钟爱没药花还是青睐仙客来？
我都有，我可再将它们播撒；
但不要在这荒寒的时刻不要在爱神
一息奄奄，若死，犹生的时刻，

且待那你我急切等待的一刻；

别人会爱雅典重生的那一刻，
而你在战火灼烧中将它等待，
别人将赞美众军宣告雅典无恙
的一刻；而你，却在雅典失利时，
与她并肩；当那背信弃义的黑暗之军
席卷而来，是你以死为她祝祷。

VI.

星辰在紫晕中轮转，你的那颗
不像黄昏星那般珍奇，不像
净朗的毕宿五或天狼星那般雄浑
也不像那狞恶、雪亮的司战的星。

星辰在紫晕中盘旋，看去那般璀璨；
而你的那颗不温蔼如七子星，
也不瑰丽似猎户的蓝宝石；

而是一无所恋，冷漠，跋扈的脸，

当别的星辰，衰颓，蹒跚，陨落，
你的星，钢筋铁骨，信守孤冷的约言
那相约的货船，正在狂风里彷徨无措。

VII.

没有人和我一起注视
注视他颤抖的呼吸，
没有人带来白玫瑰，
没有人带来红玫瑰；

多少人曾爱过，
曾追求皎然的他，
当他尚未凋萎，
当紫色尚未覆盖他的床箦；

而当爱神
被瘟疫与战争击中，
你将洁白的没药花
放上暗淡的柱楣；

你将那簇花
系上风雨叩打的窗台；
就让宙斯记下这一切，
问死亡敢不敢戕贼。

白色玫瑰

白色，
白色，
白色的玫瑰
奚落
茉莉
百合的火焰
与紫罗兰
脉息柔弱
的火焰，
流尽紫色的火焰，
（白色的紫罗兰，
你根本就不是花）
白色的玫瑰
你历经摧折倦怠疲惫，
让春天蒙羞……

（哦，听，

听，

听，

听他唱！）

……白色的玫瑰

你的智慧多么朴素，

而我们发现了你的美却偏要哀伤？

白色，

白色的玫瑰啊，

小心，

美只是美，

但并不，并不因那般罕有，

或如此丰饶

而能抽出

片刻

去叱骂

爱；

去忏悔
爱的遁逸……

（看芳春已远，
哦，哀哭，徒然地哀哭，
因芳春已逝，
吻过这芳唇
这青春芳唇的爱
重来！）

卡利俄佩[1]

“你，唯有你，卡利俄佩”

——萨福

攀登那逶迤盘旋的峰峦
攀登那了无屏障的狂喜，
绝非
轻而易举，哦，我的恋人；
然而狂喜，这最撩人的狂喜，
改变，
滋育，
最黑最黑的绝望，
承继纯真的火焰，
若你无视
（当你无视）
别的人们，
那么，回来吧；

1　希腊神话中掌管英雄史诗的缪斯，九位缪斯中的最年长者。

精灵绝不诱惑肉体——

绝不诱惑黑暗的肉体的精灵，
不，我将离去，
远离，远离这一切；
什么能将我留住？
激情，折磨，还是你的吻？
或爱就已足够？
那让人难以忍受的主人
那熙来攘往的必死者终将
毁掉，
哪怕最恒久，最深切的
至乐；
难以容忍的污渍；
冷漠、被人厌弃的
主人的恨；
不，我已流离我已迷途。

哦，精灵，洁白的，
娴于神秘传说的精灵，
小心，

太早，太早，
你自认豁免于
我们低微的思想，
我们粗陋的魔法，
爱是曼妙的沉醉；
不要太早，太大胆，
归来，
哦，甜蜜，俊美的吕底亚人，
最撩人的吕底亚人，
哦，冷艳的百合。

　　不，
　　不要以时光，
　　以肉体迟钝的痛欺骗我，
　　因为一切肉体都会变，
　　即使最迷人的
　　脚踝和柔软的大腿，
　　也会化作最悲伤的埃尘，
　　而我将离去；
　　我渴慕那洁白的群体，
　　那不朽者的队伍，

不，

不要爱抚我，

我必须

挣脱你的束缚——

你的翅膀，

哦亲爱的，甜蜜的人儿，

还没长成，

在那伟大、永恒的队伍里

你有怎样的作为？

不过是潦倒的乞丐；

不以无畏的肉体为盾

你有怎样的作为？

我的，我的恋人啊，

正是我的歌

渴望让你自由；

我的诗行将击碎

那逸荡壮美的门；

我，正是我，

照料、节省你的光，

那灯盏庇护的光——

不，我要离去，

你的肉体何有于我？

你的咏叹，你的歌何有于我？

在永恒者中，

一切，如星，自由飘漾，

无须银或铜的灯；

我将逃离；

在威严的宙斯

那高峻的门廊

没有更伧俗的肉体的帘幕

以忧伤拂向我们，

看——

我将离去。

偶然

偶然说，
到这儿来，
偶然说，
你真能承受
别离？
偶然说，
我们相爱

还不足一年，
你真能承受
孤单？
我不能；

没有你
我害怕
风，
鸟，

海，

浪，

低地，

和高空；

我听见

瘆人的威胁

遍布各处；

我注视

风

掠过无花果；

我再也

再也

承受不住；

偶然说，

亲爱的，

我在这里，

难道你再也不想要

我？

当我是只杯子

当我是只杯子，
被人举起，
你可听到
那海螺里的回声？

当你是只杯子
没有叹息没有歌声，
只有蔓草，蔓草，
曳步前行。

当我是只杯子
由海螺做成，
哦，你可听到
那远远的，幽幽的海钟？

当你是只杯子
无声无息，
只有海草的跫音，
曳过沙地。

集外诗及未刊稿

1912—1944

大师

I.

那老头
很美，
在他的言语里
我懂得了智慧
找到了不可度量的真，
他的训诫
是终极。

（他何以理解？）

我曾跋涉到米利都[1]
追寻智慧，

1　位于安纳托利亚西海岸的古希腊城邦，在赫梯文献中称为 Millawanda 或 Milawata，在《伊利亚特》中也曾出现。米利都拥有一批著名的思想者，如泰利斯、阿那克西曼德、阿那克西美尼等，世称“米利都学派”。

我将别的一切抛在身后，

我斋戒，

工作到很晚，

早早起床；

无论身着素朴

或繁缛的裙裾，

什么都不曾遗落，

每件服饰都有意义，

“每个姿态都有智慧”，

他教导；

“什么都没遗落”，

他说；

我睡得晚

或早，

我捉住梦，

在梦中醒来，

我们借梦中情境锻造哲学，

我很惬意，

什么都不曾遗落，
因上帝是一切
而梦即上帝；
只是在我
在我
很小很小的智慧，
却又大到足以
知晓神是处皆在；

哦他真美，
即使我将他的话掷向他的牙齿，
他说，
“我行将老去，
我必须向年轻人学习”；

他的专制纯粹绝对，
而我却不得不爱他，
不得不承认他胜过所有男人，
比他们都更近于神

（他多老啊）
我不得不认领
免罪符，
他将其颁下
以那沧桑
睿智
美好
的头颅
及那年轻的唇
与眸——

哦，神，
让天国为他葆有某种惊奇，
因唯有您
能创想
适于他的
美好。

II.

我不知道建议什么，

我几乎不能给神任何建议

当他颔首

说，“升起吧，奥林波斯[1]，

沉入大海，

哦，佩里翁[2]，

奥萨[3]，

别动”，

我不知道同神说什么，

因为群山

听命他的颔首，

而大海也依从

当他吩咐他的女儿，

那翠叶

碧溪

与白银

白皙的母亲

去平定

1 希腊神话中众神的居所。

2 希腊山名。

3 奥萨山位于希腊东北部。希腊神话中，巨人们试图将佩里翁山叠于其上，借以攀登奥林匹斯山，进攻众神。

风暴

或送去和平

止息危难

当大山喷吐烈焰：

我不知如何区分

火山似的欲望，

仿若余烬的海葵

与炽热如火的罗兰花

那紫色的火焰，

和她双足

清冷的

银：

我拥有两种分开的爱；

唯有爱一切山脉的神

才知晓缘故

才懂

他让那老头

解释

一切不可能，

一切他所为。

III.

神能给老头什么，
使他将这一切化为可能？

因女人
呼吸火
却冷，
踝间蜕落雪
却温暖；
白热
融成雪片，
紫罗兰
凝为紫水晶，
清冽如水：

不，

我不曾畏怯，

我看见整个奇迹，

我知道老头令这一切有理有据，

可他何以预见

这不可能的一切？

他何以知晓

那舞者举手投足

怎样流露神性？

字缭乱在莎草纸上

字书写得最细心，

每个字都悬隔一方，

然而每个字都通向另一个字，

汇成一体流溢为韵

在空气里律动，

迄今没人猜出，

没人懂。

IV.

我被老头惹怒，

我想要答案
干干净净的答案，
我争辩道：“行啦，跟我说吧，
你不久就将故去，
那秘密将和你躺在一起”，
他说：
“你是诗人”；

我不想被当作孩子，当作弱者，
于是我说，
（我很愤怒）
“你不可能永生，
智慧之火将与你一起熄灭，
我长途跋涉来到米利都，
你不能与我们长久相伴，
我来是为寻找答案”；

我对那老头发火，
对他谈及男性之力发火，
对他的神秘，他的众多神秘，发火，
我争辩直到破晓；

哦，太迟了，
神将原谅我，原谅我的愤怒，
可我却难以释然。

我无法出于智慧接受
爱的教诲，
女性至美。

V.

她是女人
而超越女性
而居诸女性，
她的双足是水仙花苞幽微的脉动，
大地将其托举，
（啊，男性之力在何方？）
她的双臂挥动着年轻的
雄性的，
犹疑，
独处深林

探向
第一个黄昏；

她是女性
她的大腿柔软而有力，
她在岩丛间跳跃，
（只有一圈小小的场地供她起舞）

而群山起舞，

她恳求群山：
“杜鹃花
醒来吧”，
她的双足
跃动，
杜鹃花
醒来
有紫色
或红色的花
在她白皙的双腿间，如理石如桦树的双腿啊，

一朵玫瑰，
远隔一方，
当她手舞足蹈
舒展恣肆的
阿佛洛狄忒，
柔弱的薰衣草
隐没于草色间；

哦，神，这是什么
这花
本身就有开遍大地的力？
她并不需要男性，
她自己
就有雄性的冲劲和搏动，
手，足，腿，
自我都臻于完美。

VI.

让那老头躺进大地
（他已将男人的思想扰动得够久）

让那老头逝去，

让那老头归于大地，

他是大地，

父，

哦，挚爱的人，

你是大地，

他是大地，土星，智慧，

岩石，（哦，他骨骼坚硬，他强壮有力，那老头）

让他创造新的大地，

自重生的岩丛间

整个世界

必须受苦，

唯有我们

自由，

可以预言

可以展望，

他，

（正是他，这老头，

将创生新的世界）

正是他，

正是他，
已成就新的大地。

VII.

他将扰动男人们的思想，
而亿万年间
他们将四方求索，
讨论他写下的每个字，
他的笔将被膜拜，
他们将筑起庙宇
卫护他神圣的著述，
男人们将到来
将争执，
而他毫发无损；
他们将以他之名建庙筑观，
他的声名
将大到
与他相识的阿猫阿狗
都会被奉为大师，
先知，

诠释者，

只有我
我将逃走。

VIII.

正是他，他使我得以自由
预言，

他不曾说
“留下吧，
我的弟子”，
他不曾说，
“写吧，
我说的每个字都圣洁”，
他不曾说，“去传道”，
他不曾说，
“以我之名，
完善
或密封

文献”，

不，
他很率性，
“我们不去争论那个”，
（他说）
“你是诗人”。

IX.

于是我出发
流不出的苦痛的泪
盲了眼瞳；

我辞别，
看着他苍老的头
当他转身，
当他离开房间
把我一个人留与
那些古老的纪念品
那些来自埃及的大理石雕像，花瓶，斯芬克斯石像，

和古旧的，古旧的瓮罂，
他把我一个人留与它们，
他苍老的背佝偻着；

哦上帝，
泪不曾来，
它们怎么会来呢？
我离去，
我说：
“我不要
一个老头的
暴政
他太老了，
爱他，
我会死；

我不能爱他
他太近于上帝
他对上帝太珍贵。”

X.

但谁都不忘记他，
那使一切合理的他；
但谁都不原谅他，
那使上帝在万有中
变得可以接受的他，
因那难以容忍。

XI.

而今我甚至连上帝都能承受，
因为女人的笑声
预言
幸福：
（不是男人，不是男人们，
只有这老头，一个人
于上帝而言，是圣洁的）

没有哪个男人会现身于那些神秘，
然而所有男人都将跪倒，

没有哪个男人显要，
重要，
然而所有男人都将感到
做女人意味着什么，
将渴念，
焦灼，
抛去安逸
转向精神的
辛劳，

男人们将看到有多久他们视而不见
可怜的男人们
可怜的男性人类
多久
多久
男性脉动这一年头将他们愚弄，
使他们软弱，
男人们应看到女性，
至美。

XII.

随后他们做了；
我曾疯喊，
疯喊，
而我并不唯一，
我们在一起，
我们是一；

我们在一起
我们是一；
太阳的崇拜者，
我们挥洒
我们的呼喊
化作一个声音
红花荷；

红花荷，
靠近太阳，
我们不曾说：
“怜悯我们”，

我们不曾说，“注视我们”，

我们呼喊：

“哦太阳之心

杜鹃花，

红花荷，

我们配不上你的美，

你是太阳在美的身畔

你是那上主成为女性。”

诗人

I.

那时有海马群和人鱼男子
和平展的潮汐—陆架，
有沙丘
向月旋转，
有一带潮湿的蔓草
生在沙丘的那边，
别样蔓草
燃起别样颜色，
海草的籽荚
撒落；

那时有一只唱歌的蜗牛，
（蜗牛唱歌吗？）
有一丝空渺的哀哭，
不是风声

不是鸥鸣，
飞落在那半被埋藏的
龙骨上，
也不是任何能够移译的声响，
当然，也许那是
另一种芦苇鸟的鸣唱
在更远的内陆；

内陆，有一方池塘，
清漪间，
开满睡莲，
可海那么近，
人们担心
突来的暴风，
会将涌向内陆的潮汐卷起
卷入
池塘，
将莲花冲倒；

那是我害怕的原因；
我注视你，

我想起你的歌，
我看到你走过的长路，
（你勇气殆尽）
你的歌是无形
的哀哭，
我略略触及
而不能确知。

II.

你是我的哥哥，
奇怪我们在这里相遇，
今年，
那年，
你的恋人，
我的恋人，
逝去
和逝去的过往：

但那时你根本不在，
我也若存若无，

于是当那些人在那里萎落于岁月，
我们，因不属于那段时光，
故而逃脱，
无处可去。

他们在走向某处。

此刻我懂你，当你转身
反讽似的谢我，
（你说的一切都是反讽）
给的那瓶酒的酒瓶
（你不再喝白葡萄酒）；

你在所有事上都太节制，
（灵感也会受到节制吗？）
你的休憩，似在
回应我的
某种恣肆，
我确信我失败了，
因我已脱去曾经的茧

我是蝶；

哦蜗牛，

我知道你在歌唱；

你的壳是颅骨，

你的歌是回声，

你的歌浩茫如海

你的歌是无，

你的歌是巨澜涤荡舟船古老的龙骨，

是潮湿的蔓草，

是干燥的蔓草

是散落的籽荚，

却不是你；

你忠实于

你自己，因忠实于

你反讽的

壳。

III.

是的，
出走是危险的，
而你不会失败；
可留在原地
一样
危险
除非人是蜗牛：

蝴蝶有触须，
是寓言
与反讽。

IV.

你的壳是座庙宇，
我在暮色里看它；
你小小的科普特[1]庙宇，

---

1 “科普特”和“科普特人”泛指埃及和埃及人。原为古埃及人组成的科普特教会（Coptic Church）认为基督神人二者已结合为一性，H.D. 或以此喻指 D.H. 劳伦斯隐居地及特立独行的思想信仰。

被留在内陆，

不顾长风，

不曾沉埋于

沙暴；

你的壳是座庙宇，

它的窗是琥珀；

你微笑

烛火

在圣坛上；

所有人都曾听闻那小小的科普特庙宇

可是有谁懂你

有谁在那里栖居？

V.

不，

我不会装作仿佛懂你，

或认识你，

甚至见过你；

我总说：
“我不明白他的哲学，
我不懂。”

但我伸出手，触摸冷冷的门扉，
（我们都来自好远好远的地方）
我触摸某种不朽，
我想，
为什么他要待在那里？
为什么他要守护神殿
孤单一人　远离世间，
走在无处可去的路上？

他让烛火长燃不熄
在那无人造访的神殿，
必有某种玄妙
在空气里
在他周围，

他无法在荒漠里独处，
若没有异象将他抚慰。

某处定有人语交响。

VI.

我几乎不敢坐在这方石上，
稍稍离远，
（希望你不要知道我在这里）
我几乎不敢仰望那些窗，
注视那静定的烛光；

我几乎不敢说出，
当然绝不会喊出，“你好”，
或“再见”或人们必定大声吼出的一切，

我几乎不敢思忖不敢自语，
为什么，
他在那里。

✳ 三部曲 ✳

1944—1946

城墙永不坍塌

（*1944*）

致布莱瑟

1923，寄往卡纳克神庙[1]

1942，寄自伦敦

1.

这里那里的一桩小事，

及已成过往的怨诉（对机枪的）

源自你（和我）那古老的小镇广场：

薄雾与薄雾的灰，毫无色彩，

路克索[2]的蜜蜂，小鸡和野兔仍在

追寻无可改变的目的

1 卡纳克神庙位于埃及南部上埃及小镇路克索。

2 路克索（Luxor）位于尼罗河中段，距离开罗南方六百多公里，是古埃及中王朝与新王朝首都底比斯的所在地。

在绿意里，在玫红间，在天青石色中；

它们不住预言

凭借有如磐石的纸莎草：

那里，一如这里，“毁灭”打开

陵墓，神庙；进入，

那里一如这里，那里没有门扉：

神龛在大宇下铺陈，

雨花纷落，这里，那里，

黄沙漫漫；“永恒”凝着忍耐：

“毁灭”统御四方，而恰如坠地的栋宇

任紧闭的屋室

敞向风，

穿过绝望，

穿过悸动，穿过阴郁，

灵感追踪我们：

无意间，大灵宣示显现：

战栗攫住我们，
犹如古昔，撒母耳[1]所历：

在熟悉的街角，我们颤抖，
身与世相忘；
皮媞雅[2]宣布——我们进入

另一个地窖，另一处残垣断壁，
在那里简陋的器皿却如
博物馆中的珍稀文物；

庞贝[3]没什么可教我们的，
我们懂得火山的崩解，
可怕的岩浆慢慢流淌，

施加在心，肺和大脑上的压力
即将爆破它脆弱的壳

---

1 以色列士师时代最后一位士师。在他少时，上帝就曾将他召唤。事迹见《旧约·撒母耳记（上、下）》。

2 皮媞雅是古希腊的阿波罗神女祭司，服务于帕纳塞斯山上的德尔斐神庙。

3 又译庞培，意大利南部古城，在维苏威火山附近，公元 79 年火山爆发，全城湮没。

（颅骨竟能承受！）

那覆着我们的壳，伪经之火，
在我们下方，地球摆荡，楼板下沉，
人行道倾斜，

人们在那里翻滚，
酗于新的困惑，
巫术和折磨：

骨架不是为遭受
织入恐怖的惊愕而制，
但骨骼经得起：

血肉呢？已消融，
心儿燃尽，成灰。
筋腱，肌肉碎裂，躯壳解体。

然而骨骼犹在：
我们走过烈焰：我们想知道
谁拯救了我们？为什么？

2.

恶在大地上生气勃发，
善却瘠弱哀愁；

病痛承诺冒险，
善自得而肥胖；

撒旦追逐我们，
乔装成耶和华；

善是乏味的豆荚，
从醍醐、豆子、扁豆上剥落：

上帝啊，当我们渴望
滋养，他们却怒火中烧；

他们夺取我们的护符，
说，护符不是恩典；

但众神总是面对双方，
故而让我们探寻昔日的路途

寻找真实的符记，正确的咒语，
重获古老的价值，

别去听他们的呼喊，
你的佳人，伊希斯[1]，埃塞特[2]或阿施塔特[3]

尽为荡妇；向往着古老的鼎镬，
你迟疑而又炽烈；

此外，你的心，
是凋落的野蔷薇，

人们继续，而你的诗韵
是魔鬼的赞美诗，

1　古埃及司生育与繁殖的女神埃塞特在希腊语中的名字。
2　古埃及司生育与繁殖的女神。
3　闪米特神话中司爱情与生育的女神。

你的铁笔浸入带有腐蚀性的氯化汞，
你怎能信笔画掉

往昔劫难的复写稿上
磨不去的墨迹？

3.

然而，让我们重获
权杖：

杖首是百合的萼
或蕾：

它是墨丘利节杖[1]；在弥留者中，
它撑住“痊愈”：

或唤起死亡，
它为生者带来活力。

---

1 墨丘利（或赫尔墨斯）节杖，是医务界的象征。

4.

比如，每个海螺里
都有咒语：

无尽的，海的冲荡
无力地朝向珊瑚，

骨，石，花岗岩，
那位工匠从内部劈削，

贝类：
牡蛎，蛤蜊，软体动物

是石匠在规划
石的胜境：

然而居于其间的软弱
形状莫名的隐士，有若这颗行星

知晓存在的终极，

于是约束自己生命

的轨迹，限定它的屋宇，
神庙，寺院，圣坛：

它定期
开启重门

被饥饿促动，
它向潮汐敞开自己：

可是无限呢？不，
那太过虚无。

我知晓我的限度，
我的贝颚咬紧

当无限当重洋的重量
袭来：无垠的碧海

无从击碎我，蛋在蛋壳里，

完整，永生，无缺

的闭环，我懂得潮汐
的引力，懂得静谧

和月明；
章鱼的幽暗

是无力的，面对
她冷冷的永生。

所以我以我的方式明白
鲸

不能消化掉我：
坚守你小小的，静定的，有限的

轨迹，外部环境
这鲨鱼之颚

就会把你吐得远远的：

要坚硬，不屈，不被消化，

以便，活在内心里，
自己生自己，生出

忘我，
这名贵的珍珠。

5.

与众神相伴，
我爱过也曾被爱，

我的大脑从未
被那样的狂喜撩拨，

我的心被
那样的欢愉感动，

而此刻，在爱神之上，
发现新的主宰，

他的，印在沙上的脚步
从开花的李树

到小屋半掩的门扉，
（或也曾留下足痕

但风拂去了沙上的印迹
无论人们是否看见）

他是，瓶中的魔鬼
渔人时常与他相遇。

他是博学多闻的术士
身带没药。

6.

在我（一条蠕虫）心里
显然毫无正义，但有——

毅力；我躲过蜘蛛的罗网，
鸟的利爪，食腐鸟的喙，

依偎着草叶，
寄身叶背

当风暴
将它从枝干上撕落

我逃脱，在玫瑰
宛若密林的刺里探险，

被雨卷入
叶的幽谷；

被投在草上
在那里桅杆　嵌着珍珠的桅杆上

宝石稀稀落落
裹着薄雾的壳

薄雾
飘自一个个旗杆：

无惧那被重重
放大的美，

正如你那大大的蛇发女怪般的眼眸
黯淡，无神

没有罗盘，我获益于
每一场劫难；

从中啃出自己的路，
饱餐藤叶与桑叶，

寄居，觅取营养：
当你厌恶地呼喊，

叶上的蠕虫，
尘埃中的蠕虫，

麦粒里的蠕虫，
我无悔，

因我知道上帝
将现身，当我，

这勤奋的蠕虫，
织就我的殓衣。

7.

男神，女神啊，
戴起你们有翼的冠冕

那些犄角，仿若
蝴蝶的触须，

有如挺立的眼镜王蛇的顶饰
展示蠕虫的嬗变。

8.

于是我们借由双角亮出
我们的身份，盘曲而立的大蛇啊，

尽管你现在告诉我，
这些，双翼或忘忧果，都是

知性的装饰，微不足道；
诗人毫无用处，

舍此，
我们，是真正的断垣残堞，

是隐秘智慧的持有者，
是内在纽带

最初的圣所
犹存的孑遗，

何止是“非功利主义者”

我们“多愁善感”：

这是新的异端；
但如果你甚至不懂这些词在说什么

你怎能期待去评判
这些词中隐含的一切？

然而古老的注释表明
我们又回到起点：

你还有长长的路要走，
小心地前行，恭敬地说话

在那些完成了蠕虫循环的人跟前，
因为诸神已被毁灭，

他们的偶像及秘密
都保存在人的言辞里，

在或细琐

或真切的梦里；徽记

在苍鹭的羽冠上，
在角蝰的背上，

奥秘，注释，允诺一如往昔，
保护那位缮写人；

他位列祭司之上，
仅次于法老。

9.

透特[1]，赫尔墨斯，尖笔，
调色板，钢笔，鹅毛笔忍耐着，

尽管我们的书
是脚下阴燃的灰烬，

尽管焚书依旧是

1　埃及神话中的月神。

最狂悖的姿态，

人卑劣的天性中
最卑劣的部分，

然而他们仍大喊
给我们，给我们书，

对开本，手稿，羊皮纸文稿，
都将打败弹夹；

反语是苦涩的真实
外面裹着小小的玩笑，

哈特谢普塞特[1]的名字
仍被他们叫作子弹[2]的东西环绕。

1　哈特谢普塞特（？—BC 1482），埃及女王，在位期间曾在底比斯附近修建达尔巴赫丽神庙。

2　原诗此处为法文。

10.

但我们为生活而战，
他们说，我们为呼吸而战。

那么你的涂鸦何益？
这——我们将带上它们

迈越死亡；墨丘利，赫尔墨斯，透特
发明书写，字母，调色板；

莎草纸或羊皮纸上
为笛子或里拉写就的乐谱

幽微神秘，永远印在
某个地方的大气里，

不可磨灭；记住，哦，利剑，
我的年轻的兄弟，

你的战绩，无论多么令人欢欣鼓舞，

有一天必将完结，

太初
有言[1]。

11.

若没有思想没有发明，
哦，利剑，你不会存在，

若没有理念没有“言”为枢机，
你将依然

潜隐于幽暗
思想就在那里栖居，

而在理念和思想居所的那一方，
住着生下它们的：

梦，

---

1 语出《圣经·约翰福音》，言（Word）或译为“道”。

灵视。

12.

于是，我们隐秘、会心地
高傲和怕羞

与他们与比我们好的人
相伴，他们似乎暗示

我们不久将被清除，
皱巴巴的破布，无益于旗杆，

长度也不适合做绷带，
但当木瓦在燃烧的雨中

嘶嘶作响，另外的价值
在我们心目中展现，

另外的标准奉我们为圣徒，
陌生的肌理，一只翅膀覆盖我们，

而纵使高空里有呼啸和咆哮，
有更嘹亮的声音，

纵使它的诉说
比低语更低。

13.

那境地如光谱中的蓝，
极致的蓝光，

像镭一样珍稀，一样疗愈，
昔日的自己，将我萦绕，

有若殓衣（我总在独处时谈起自己
但那一刻在这一奥秘里

我周围都是伙伴）；
你是否好奇我们高傲，

淡泊，
漠然于你的善恶？

危难，曾匪夷所思地邂逅忍受，
而今在我们身上留下印记；

我们以隐秘的标志
认得彼此，

虽然在人行道上，在楼梯转角，
我们打彼此旁边走过，

隔得远远的，默然无语；
虽然一句话没说，

相互却有精微的品鉴；
虽然只打声招呼

或一言不发；
我们知道我们的名字，

我们将初始匿名，
我们有共同的母亲，

与火焰
为伴。

14.

然而，我们，后来的再生，
却历经痛苦

当身后拖着
“自我”那孤寂的壳

我们逼着自己
向不适与困窘忏悔；

我们用力拉着这死去的壳，
挣扎却又必须等待

直到新的太阳

把旧躯壳的体液烘干；

别别扭扭地，拽着这陈腐的
旧日的意图，志愿与习惯

跟我们一起到处走；
我们是这样一群人，

任性，满怀渴望与讥嘲，
我们不参与

新世界的重建
劳工联盟

艺术的实践性议题
公用事业目录

哦，不要望向
空中，

你困于

眼前

这令人目眩的
沙丘般的迷宫；

与其说畏惧
毋宁是麻痹迟钝，

反正，
你还没爬得很远

沿着我们孤单的草叶
向着我们孤单的星。

15.

老朽了
（成熟的岁月里，

我们同在一处）
却还没老透老死，

我们守护，
携带着秘密，纺织

珍奇无形的线
将所有人类

与古时的智慧，
与古时绾在一起；

我们的欢愉独一无二，于我们，
葡萄，刀子，杯子，麦子

是永恒的象征。
每一个具体之物

都有抽象的价值，
在平行的梦里永存

我们相对的魔诀从未改变

自尼尼微[1]、巴别[2]直到今天。

16.

拉[3]，奥西里斯[4]，阿蒙[5]出现
在空荡荡的礼拜堂；

他是世界之父，
万古之父，

现在与未来之父；
没有胡子，和耶和华全然不同，

他挺拔，修长，
在巍峨的曼农[6]像前引人注目，

1 古国亚述的首都，遗址在今伊拉克北部的摩苏尔。

2 基督教《圣经》中的城市名，诺亚的后裔欲在此建通天塔，上帝怒而变乱建塔人所操之语，事遂寝。

3 古埃及神话中的太阳神，赫里奥波里斯－九柱神之首，其形象为一鹰首男子，头顶日轮。

4 古埃及神话中的冥神和鬼判。

5 古埃及神话中的主神，相当于希腊、罗马神话中的宙斯和朱庇特。

6 古希腊神话中黎明女神之子，在特洛伊为阿喀琉斯所杀；相传埃及底比斯城附近有他的石像，每逢朝暾初上，辄有谐美的乐声自石像传出。

但不刺眼，
他多么契合

十八世纪的
简洁与优雅；

我随即醒来
满怀讶异，问自己，

那是谁的眼睛？
因为那双眼（寒冷里，

我竟记得，令人惊异）
都是一样的纹理，

恍若没有眼瞳
或都是眼瞳，幽暗

而又清澈，盛满
琥珀色的光……

17.

……煤为这世界燃烧，
我们必须前行，

我们在十字街头，
潮水退去；

露出卵石和海螺，
美丽，静定，虚空，

古旧的思想，古旧的习俗，
让我们去海中

采撷干枯的海草，
堆起浮木，

让我们燃起新的火焰
于烧尽的盐与海的馨香里

于这芬芳间复活的新的太阳
吟诵新的赞美诗；

我们曾经总是说，
永远，阿蒙。

18.

那受膏者[1]的形象
极难摆脱

工艺品旧货店
颜料和石膏弄出的那堆中世纪的破烂

尽是苦难膜拜和死亡象征
这就是为什么，我猜，梦

为早期殖民者毫无装饰的、
明净的室内提供了巧妙的舞台管理，

---

1 受膏者，最初指以色列王在加冕时受膏油，《圣经》中弥赛亚和基督都意为“受膏者”，弥赛亚是希伯来语，基督是希腊语。

没有彩色玻璃，图画，
形象或色彩，

而今显而易见
阿蒙就是我们的受膏者。

19.

他甚至可能是纯正的犹太人
自委拉斯凯兹[1]画中走出。

那双眼睛在委拉斯凯兹笔下
眼帘低垂

它们若是张开，将令我们
晕眩，惶惑，将以“罪”与“畏”

---

1 委拉斯凯兹 (Velazquez，1599—1660), 十七世纪巴洛克时期西班牙画家，代表作有《宫娥》《布列达的降服》等。本诗所咏似为委拉斯凯兹《十字架上的基督》。

的古老意味震惊我们，可那眼中
被痛苦遮起的怖栗已消逝，

我想要你相信委拉斯凯兹绘就的
那被钉上十字架者的眼睛

现在正直视着你，
它们是琥珀，它们是火。

20.

现在清楚了
圣灵

及孩子们无解的谜
是梦；

灵感的路
永远敞开，

向所有人敞开；

它是摆渡人，是译者，

它用今天的意象
诠释往昔的象征，

它将最远的远古
融入迢遥的未来，

它以清纯的梦的等式
简约地陈说

最深邃的哲学
揭示炼金术士的奥秘

跟着那位魔术师
在荒漠里前行。

21.

击碎了“同一”的晶体，
打破了“完整”的器皿，

直至阿蒙王，
那大地的抚爱者，

那牛羊的繁育者，
自天涯召唤：

我，阿蒙－拉[1]，在此，
太阳，白羊，牡羊[2]，

时间到了，你们该开始新的盘旋，
看——我将你们掷进星的漩涡；

直至满怀怜惜，
嗅闻大地，

我，阿蒙－拉，在此低语，
太阳，白羊，牡羊，

1 阿蒙神在底比斯（即现在的路克索）广受崇拜，在那里阿蒙神与太阳神拉融合，称为“阿蒙－拉”。
2 指黄道十二星座的第一宫为白羊或牡羊座，象征春天的来临。

作茧吧，窒息在羊毛中，
作羔羊吧，被再次哺乳。

22.

喏，这是我的右手，
这是我的左手

握紧你卷曲的羊毛，
带我回家，带我回家吧，

我的哀哭从地面腾起；
带我回家，父亲：

纵使苍白如草间的蠕虫，
我仍然是火花，

你的角在石上将我点亮：
阿蒙，你是那般温暖，

把我藏进你的羊毛，
让我和青草一起萌生；

让你的牙齿吞下我，
让我在你腹中取暖，

日轮[1]啊，
重生的太阳。

23.

带我回家吧
那里运河

奔流
两岸开满鸢尾花；

那里苍鹭
筑起她的巢；

1 埃及太阳神象征。

那里螳螂
在河边的芦苇上祈祷：

那里蚱蜢说着
阿蒙，阿蒙，阿蒙。

24.

或去随便什么地方
那里星辰燃遍清澈的天穹，

那里我们可以一一致意，
天狼，天琴，大角，[1]

那里这些天各一方的存在
与我们近若比邻；

那里每一存在都有独特的个性，
可用恰切的魔法、咒语和祈祷

1　是太阳附近三颗较亮的恒星的名称。

向它恳求，
它将确然揭示，

有裨身心、启人神思的一切精髓
都对疗愈探究的灵魂

承继的病疾不可或缺：
哦，星辰，盛满“无可辩驳”的小瓶，

绝对的治愈者，大写的药师，
锻造，雕琢，嵌以珠宝

的盒，珍贵如许，更装进
药膏，没药，沉香：

碧玉，绿玉，蓝宝石，
而当我们以祝祈、咒语、

连祷、魔法
将它们召至近前，

它们将展示各自的芬芳，
以及独有的感通之力，是那般富于磁性，

一如从前，
成为信使的化身，

哦，治愈者，治愈者，
太一，阿蒙，万有之父。

25.

阿蒙，
就在此刻，

我心灵的壳
绽裂，
往古，凤凰[1]，
你的神鸟，

1　Phoenix，又译为菲尼克斯，阿拉伯神话中的长生鸟，相传五百岁时，集香木自焚，复从死灰中更生，不再死。

投下一粒种子，
像灼热的蜡泪，

那般芬芳啊，沉香屑，桃金娘，
龙舌兰，香柏；

一棵树是一个王国，
根将心灵的壳

与大地缠在一起，
那终极的种子，

住在心底，
汲取食粮。

26.

我们存着怎样的果实，
怎样的花呢？

我们有怎样的芳醇，

我们的木叶

能疗愈万族吗？
是没药抑或紫苏吗？我们的叶子

和棕榈的一样吗
像矛像塔？

我们是生在岛屿还是绿洲？
我们是否立在

田边，没多少果实，
只在正午的燠热里

为拾穗人
展开一片阴凉。

27.

我们的树
是忘忧林里那株忘忧？

是木兰沉沉的，沉沉的，
蕴满睡意的梦？

是石榴
用名字装饰了十四行，

却要么酸要么太熟，
唯有此刻最甘美？

所有开花的林中
我们是狂野的杏，是冬日的樱桃？

或者是松，是冷杉，
哨兵一样，孤独？

或者我们是柏树，
是甜甜的野草莓？

28.

哦，心啊，小小的瓮，
斑岩的、玛瑙的、赤玉的瓮，

那粒种子不被察觉地
飘入那欢愉的痛苦的

心跳；
我不知道它怎样来临

不知道它在这里睡了多久，
我说不出

它如何躲过
激情与怨恨的暴风雨，

为什么没被
哀愁的洪水冲走，

或在苦涩的思想那荒芜的干旱里

凋枯。

29.

予我力量吧
好承受得更久些，

此刻如玉的心
已破碎；

也许我们将永远抚摸
蜜蜂那琥珀色的巢

那里酿着你记忆中的问候，
可是那旧日的我，

仍与这世界若即若离，
在愤怒地呼喊，

我饿了，孩子们嚷着要吃的，
燃烧的石块朝他们落下，

清醒让我们无从设防，
哦，你现身

渔网，
小船泊在湖边，

林烟浮动
你何时再能说出那句话，

鱼烤好了，
要面包吗？

30.

我听见天蝎磨刀，
我害怕射手弯弓，

白羊的角是不祥之兆，
攀到高处？再跌落；

深渊那畔，

船工曾等待，

而这一时代有新的维度，

要勇敢，要探求，要更深探索，要更为勇敢，

给你炼金术士的钥匙，

它开启所有隐秘的门，

现在向情感精纯的蒸馏

又迈进一步，

那生命的甘露，那哲人之石

都属于你，假若你放弃

贫瘠的逻辑，琐碎的推理；

理智就曾这样驱散，挑战神秘学，

发现隐秘的门被打开，

沉浮，失落在深海，

在下意识的重洋，
鱼游弋，吞食；

“同一”与“至善者”
交融，

章鱼和鲨
自海底涌出。

幻觉，旧价值的复归，
“一”的遗落，疯狂。

31.

渴望，欣喜，
灼烧的脑髓里纯真的核，

书边的眉批，
涂抹漶漫的重写本

以太多驳杂的情感，

为无限寻找

限定，蹒跚于
微茫极致的表达，

泛泛的感触，
文件夹里是精神的存折，

直白地表明信用损失，
未加修剪的想象暴动了，

匆匆写下心灵的算式，
谣谶，迷信，托辞，

过多的灵魂侵入茶杯
茶杯太易碎，瓶子太多限制，

气孔稍多盛不下溢出的水
即将在婚礼上

化为酒的水[1]；无果的寻索，
傲慢，过度自信，满蕴同情的缄默，

夸口，牵强不贴切
的典故的闯入，

迷惘的众神的幻觉，精灵；
与永恒博弈的赌徒，

隐秘智慧的奠基，
王国的新娘，

幻觉，旧价值的复归，
“一”的遗落，疯狂。

32.

下意识的深渊呕出
太多畸形的怪物

---

1 在加利利的迦拿的娶亲筵席上，耶稣将水变成酒，这是他所行的第一件神迹，由此他的门徒就信他了。见《新约·约翰福音》。

太多不挥发的难以消化的东西
诸如贝类、珍珠；施之于死的

意象；危险的进化，
可笑的衰退；节奏，押韵，

太牵强的谐音，胡话，
将词语因为词语的原因并置在一处，

没有意义，无从定义；强加，
欺诈，犹疑，风向标；

突兀、无理的音节，
太易变形，太脆弱，

过于敏感又不够确定，
对立的碰撞，情感的搏斗，

贫瘠的发明——
你是否找到所有这一切？

适于区分
月夜彩虹

与蝴蝶触须羽状的外层
的色彩，

我们被雷雨抓住，
被抛弃在那没有欢愉的土地，

可是我们发现入射角
等于反射角；

离开那些流浪的星星
脱去那些盘踞一处有若王侯的星星的习性，

我们看到最漂泊无定的燃尽的彗星
也有自己的轨迹。

33.

让我们测量失败

以面包和肉，

丈量大陆，

以麦田，

让我们不去教授

我们学不好的东西

不借它获利；

让我们不去臆造

死而复生，

也不发明

新的色彩

给看不见的眼睛。

34.

我们看过最有爱的人

在外在压力下，

变成豺狼，
杂种狗，

我们更知道饥饿
令我们中最优秀的人成了土狼；

因此，让我们（虽然我们没有忘却
爱，忘却创造者，

忘却她的战车和白鸽），
恳求古老的训谕，

恳求埃塞特，伊希斯，那伟大的女巫，
承继塞尔凯特的禀赋[1]，

那最初的伟大的
母亲啊，

1 埃及神话中治愈毒虫螫咬的女神，源自蝎子崇拜。在古埃及艺术中，塞尔凯特常被描绘成一只蝎子或是一位头顶蝎子的女性，她被许多法老视为守护神。

以蝎
为马。

35.

让我们以着魔
替代感触，

将我们的才华
重新献给精神写实主义，

刮净调色板，
弄好羽毛笔和画笔，

准备羊皮纸和莎草纸，
给透特奉上馨香，

那元古的，
三倍伟大的赫尔墨斯啊，

让我们恳求
他，在埃及十字架旁，

唤醒真正的魔法，
让我们重回那唯一的真谛

让他（智慧），
沐着先行者的光辉

启迪后来者，
复活那永恒的真理，

愿君明哲
如角蝰，如蝎如蟒。

36.

先行的火柱
与后来的火柱

没有一丝

不同；

意识里的川谷、溪壑
一定要架起桥梁；

我们都有屋舍，
都带着司库；

现在该
在往昔与未来的光里

重估我们隐秘贮藏的价值了，
无论是以

硬币，宝石，黄金，
杯盘，

或只是
护身符，档案或羊皮纸文稿来结算，

而我们被清楚地告知，

贮藏里包含

写下的
一切，

新的
和旧的。

37.

除了我以外，你不可有别的神[1]。
不能在海上

祈求崔顿[2]或海豚吗？
不能在陆地

在月桂或橡树前
扬起我们着迷的脸握紧我们的手吗？

---

1 《旧约·出埃及记·十诫》第一诫。
2 希腊神话中人身鱼尾的海神。

不能在天空，
单独呼唤

俄里翁[1]或天狼
或那熊的追随者吗？

不能在更其高邈的苍穹
向乌鸦，狮子，天鹅[2]

求救？
——或祝祷吗？

38.

寻觅旷代知己，
探求心灵相契，

这，我们曾生死以之，
我们仍将继续。

---

1 古希腊神话中一位年轻俊朗的巨人，海神波塞冬之子。

2 三者皆为星座名。

没有什么评说能够改变精神的实况，
（你总这样讲）或者，

你又可以给它们
新的阐发？

我的（你的）大脑，
你的（我的）思路，

都有各自独有的繁复的地图，
线重重缠起

生理的
丛莽，

遗传的癖好，
与整个种族的

才智成就，
它的起伏涨落；

但我的（你的）大脑
有独有的自我倾向，

对永恒的
个人的因应，

在细节上，
各不相同，

正如叶脉
林中每片叶子都不同，

亦如雪花，
可以像星，像珊瑚或棱柱。

39.

我们有过太多献祭，
太少确认，

太多献祭：结果
却成为异端，

太少确认：我认知，我感觉
词语隐藏的意义；

它们是字谜，是密码，
是小小的盒子，适于

孵化蝴蝶……

40.

比如，
奥西里斯[1]等于奥－西－里斯或奥－西里－斯；

奥西里斯，
天狼，

讲述复活的神话

1 司阴府之神，地狱判官（古埃及的主神之一）。

与复活的现实

穿越岁月；
泥水匠，粗鲁的泥水匠，

工具不凑手，我的思想
将覆盖时间悲凄

的空白，揭示那遗憾的川谷，
在“从前”与“今后”的沟壑上架起桥，

（在亚伯拉罕是我所是之前）
发现溃烂的草木，

在当下的哲学里，
在将完成的工作中，

其实，那疗愈者的病人
总将信仰与信仰相连，

重获伊希斯的秘密，

那就是：太初

有一，创造者，
抚育者，父，不变与永在者

在纸莎草沼泽，
在犹太牧场。

41.

天狼：
这是什么奥秘？

你是种子，
是沙边的谷粒，
封闭在铅一般黑的
犁过的地里。

天狼：
这是什么奥秘？

你被溺于
河中；
春的洪水
推开水闸。

天狼：
这是什么奥秘？

炎热击碎
沙的荒原，
你是如雾
的雪：皎洁的，小花。

42.

哦，陛下，这是路吗？
越过莎草，越过沙丘草

无声地，
滑板滑过，

哦，陛下，这是荒原吗？
难以置信，

沙晶莹如冰
那么冷，那么冷，

被曳向神庙的门，哦，陛下，
终于融汇了吗？

43.

墙垣依然没有坍塌
我不知道为什么；

霹雳，
未知的，

未被记录之地的闪电；
我们失去力气，

尘埃和粉末塞满我们的肺叶，

我们的身躯撞进

上了锁的门，
门楣倾斜

我们
继续前行

稀薄的空气
变成浓雾，

我们敏捷地闪到一边，
因为连空气

也不可信，
该晴朗的地方却那么阴霾，

翅膀张开的地方，
又那么稀薄，

而天空

比大地更沉重，

大地陷落
像船在漩涡里挣扎；

我们知道
没有程序，

我们是航海者，
要发现未知的，

未被记录的地方；
我们没有地图；

也许我们将抵达港湾，
天堂。

给天使的献礼

致奥伯斯特·西特韦尔

……也许我们会抵达港湾，

天堂。

1.

赫尔墨斯特利斯墨吉斯忒斯[1]

是炼金术士的保护人；

思想是他的省份，

富于智巧，古灵精怪；

水银是他的金属，

演说家、窃贼、诗人是他周济的对象；

1　埃及神话中月神透特在希腊语中的称谓。

那么，偷吧，演说家，
抢吧，诗人，

拿走旧派
在密特拉[1]陵中找到的

蜡炬、手迹和钟，
拿走新派唾弃，

砸烂，打破的一切；
收集玻璃杯的碎片

和你的火焰与气息，
熔铸为一，

重新唤醒，重新创造
猫眼石，缟玛瑙，黑曜石，

它们已化作埃尘，散落地上
被人践踏。

1　波斯神话中的光明之神。

2.

你的城墙永远不会坍塌，他说，
因为你的城墙是用碧玉造的[1]；

而且不是四方的，我想，
是另一种形状（八面体？）

我曾溜进那里
那被规则与仪礼守护的地方

十二重根基
仿佛透明的玻璃

无需日月
照耀

这一异象，我们总看到，
或者曾看到、想象到，

---

1 “城墙是用碧玉造的”典出《新约·启示录》第21。

或者往昔有别的人
向它祝祷，

为它招魂，将它盗用；
我看见它的形状

或许是由碧玉造的，
而且不是四方的。

3.

我，约翰，看过。我见证；
如果谁竟要补充

神必降罪他，
但坐在神坛上的人说，

我将一切更新。
我，约翰，看过。我见证，

但我将一切更新，
那拥有七星的人说，

他历经七乘以七十次
炽烈、苦涩的不公，

他历经七乘以七十次
酷烈、没有尽头的战争。

4.

不，不在我们的时代，哦，主啊，
犁铧铸成利剑，

不，不在我们的时代，刀刃，
酣饮血与生命，

去修剪荒芜的藤，
没有葡萄叶覆上荆棘，

没有常春藤的花蕾缀上冠冕；

不，不在我们的时代，哦，王，

那平息重又轰鸣的雷霆
重又袭来飞雨的声音啊。

5.

不，平静，别动，
你不爱亚兹拉尔[1]，

那最终的最强劲的，死？
不爱那轮太阳，

那最先诞生者，
拉斐尔[2]？你爱我吗？

沙与贝的恋人啊，
可知是谁掀开那面纱，

1　死亡天使，字面意思是“神所佑护者”。

2　或译为拉法叶尔，犹太教称利法益，天主教称拉法尔，名称意为“神治愈了”，是犹太教、基督教及伊斯兰教信仰中一位天使长的名字。

勒住那潮水，让海螺
有浪涛的形状？加百列[1]：

拉斐尔，加百列，亚兹拉尔，
三位大天使——战争算什么

比起出生，变化，和死？
然而，他，是绯红的火，是七种火之一，

是审判与神的意愿，
是神的呼吸——乌列尔[2]。

6.

在罗马从没有
那么多殉道者倒下；

1　七位大天使之一，上帝传送好消息给人类的使者。

2　乌列尔或译为乌列、乌里耶尔，是犹太教及基督教信仰中一位天使长的名字。不包括在正典书籍及不被天主教官方认可，但在犹太教神秘文学中他是一位重要的天使长，他和米迦勒、加百列及拉斐尔同为站在上帝座面前的四大天使。乌列尔的意思是“神之光”和“神之火焰”。

在耶路撒冷没有，
在底比斯从没有，

那么多人伫立凝望
战车驰骋，

目睹
巨神争斗，

见证宙斯震怒的雷霆
但见那巨手挥洒闪电

击碎大地
撕裂长空，却不躲进

洞穴逃避，
而是以不屈的意志，

以昂起的头颅，注视，
虽懵懂，却在礼拜，

而又不知自己在礼拜，
而自己即是

自己所礼拜者，
若是知道

心中那力量、坚韧与愤怒
的火焰

那与烛台上的烛火
或星辉

一样的火焰，
而今是七个中的一个，

是位居七天使的
——乌列尔

7.

没有神龛，献给乌列尔

也没有殿宇，红色的死在那里坠落，

没有城门边的像，
没有照耀水湄的火把，

没有新的寺院坐落在集市，
小巷空荡荡的，被夷平的墙垣

是紫色的，一如祭坛上
铺展的紫，

那是十字架在绽放开花，
那是芦苇在绽放，

在那里，乌列尔啊，我们停步
感恩我们又从死亡中站起，生活。

8.

现在擦亮坩埚
在碗中蒸馏

一个辛酸的词，苦涩，
一个更辛酸的词，玷污，

大海，盐水，破坏者，引诱者，
生命的赠予者，泪的赠予者。

现在擦亮坩埚
在锅下

燃起火，直至苦涩与玷污
熔化，接融，

转化，改变，
海，纯粹，妈妈，母亲、迈亚[1]，玛利亚[2]，

海的星辰，
母亲。

---

1 希腊神话中，阿特拉斯和普勒俄涅之女，赫尔墨斯的母亲。迈亚意为“乳母”或“接生婆”。
2 圣母名。

9.

苦涩，苦涩的珍珠
在碗中央，

什么是你的颜色？
你拿什么给我们

这群叛逆？
我们可有别的为你所爱？

那将撕扯我们肺腑的
父－母是什么？

这无从满足的二元性是什么？
你无从满足哪一个？

10.

田埂间
雨水

参差的边缘
像破碎的镜子，

玻璃杯里
像在耀眼的矛上，

黄昏星闪烁
皎洁，辽远，莹澈，

流溢着光辉，宛在身畔，
维纳斯星，阿佛洛狄忒星，阿施塔特星[1]，

东方的星，
西方的星，

日出时的启明，
日落时的长庚。

1　此处维纳斯，阿佛洛狄忒，阿施塔特三位女神分别是启明星（金星）在罗马、希腊和闪米特神话中的称谓。

11.

哦，速速重燃火焰，
趁物质还未冷却，

我们猛然看到你的名字
被亵渎；无赖和傻瓜

将你侮慢凌辱，
维纳斯星啊，因为性代表不洁

而象征欲望的维纳斯
淫荡，放纵，

于是你的词根呜咽恸哭
仿若曼德拉草——邪恶的女巫

午夜将它拔起，
她们说，这珍奇的草

充盈着毒，

正该她们吃。

12.

速速重燃火焰，
阿佛洛狄忒，神圣的名字，

阿施塔特啊，樯已断，桅已折，
遇难的舟楫找不到你的辉光。

忘却了夕晖，
忘却了晨祷，

归来吧，最神圣者，
维纳斯，你的名字

与崇敬，崇敬者
血脉相连。

13.

“什么是珍珠色？”
蕴着绿意的白，乳白，

由变幻的蓝打底，
有玫红的纹理；皎洁的玛瑙

脉息还未冷凝
幽微的黛蓝犹在搏动；

它活着，它在呼吸，
它给出——芬芳？

我不懂它给出的是什么，
我们无法命名那颤动，

它没有名字，
我的赞助人说：“为它命名”；

我无法命名，我这样答道，

它没有名字；

他说：
“去发明一个。”

14.

我无法发明一个名字，
我说它是玛瑙，

我说它活着，它给出——
芬芳——且近在咫尺

足以解释它那未名
的品质；

我不想为它命名，
我想凝望它

微弱的心跳与脉动
它战栗时，我不想

谈论它，

我想减却思想，

专注于它

直至自我消殒，

化作无形

融入它。

15.

阿纳尔[1]啊——这曾是另一个声音，

几乎听不见的声音，是呼吸，或低语，

我记得钟声的音律，

艾瑟瑞尔[2]，加百列，拉斐尔啊，

那是在威尼斯，钟楼

1　七大天使之一，阿纳尔即汉尼尔，是负责予人灵感与和谐的天使。

2　死亡天使。

彼此应答，

直至金色的花粉仿佛伴着钟声
飘落，覆满全城，

一群群蜜蜂
将百合劫夺。

16.

阿纳尔啊——我记得海中的海螺
我记得巷子空空荡荡

我又思念起那些人
他们敢于反抗闪电

令人目盲的暴怒，我想到，
城中没有圣坛，没有殿宇

奉祀这别样的神祇，乌列尔，
我知道他的侣伴，

被火煎熬者的侣伴
是另一种火，另一种蜡炬，

是另一位大天使，
名为

阿纳尔，
神的和平。

17.

于是我们向他们欢呼，
他们彼此映衬，

两位大天使，
伫立神前，

宛若高高的神坛上灯盏，
一个必须毫不容情地

从另一个那里取火
一如春之于冬，

的确，从没有，从没有
哪个春天更加

丰饶；从没有，从没有
哪个季节更加美好，

更多叶与花，
告诉我，还在哪个地方

你能看见山楂
开满紫红与玫红的花？

告诉我，还有哪座城中
你能看见山楂林

这般清丽，那蕴着绿意的白，
那乳白仿若我坩埚里的珍珠？

18.

献与乌列尔的，不是殿宇
而是大地，

殿外与广场
那般馨香；

宴飨一如从前，
白鸽在呢喃；

献与乌列尔的，不是殿宇
而是爱神圣洁的林间，

在底比斯在提尔[1]凋零的
在别处绽放。

19.

我们目睹她显现，

1 古代腓尼基的有名港口。

美成为肉身。

没有哪位大祭司
能驱遣她

以祭祀的馨香
和强大的咒语；

我们没有要求神迹
但她给了我们；

打下死的封印，
我们没想过恳求她

她却为我们备好葬仪；
将烧焦的树放在我们之前，

燃尽，我们的心也焚毁，
那是山楂树还是苹果树？

20.

没有影踪，不可分割的灵啊，

你怎能就在我们身畔，

我们怎敢走近

那高高的祭坛？

我们穿过烧焦的柱廊，

穿过门楣——没有门了——

进入圣殿，仿若幽灵，

从墙壁进入屋宇；

依旧不知道

是否（像墙壁）

在亦不在那里，

我们看到那棵树在开花；

旧园

一棵普通的树。

21.

不是密码也不是谜
寻常之极，

我是说——它那么朴质
鹅毛笔或画刷的机巧

却捕捉不到它的神韵；
音乐对它也无能为力，

无计可施；我是说——
你已目睹

焚后的林余烬纷飞……
你已目睹。

22.

一种新的感觉
并不赋予所有人，

并不赋予大地上的所有人
而是赐予我们，一种新的感觉

令人瘫痪，
令人喑哑，

令感官麻木，
令神经战栗，

我确信你
听懂了我；

它是棵老树
正如我们在这里随处见到的，

随处见到的——一些木桶板

一些砖头

和露出的墙缘，
赤裸的丑陋，

然后……是音乐吗？哦，
借由音乐，我是要说——

音乐竖起梯子，
它使我们隐形，

它令我们分离
它让我们逃脱；

但从有形的世界
无法逃脱；

无法躲避矛
它将心洞穿。

23.

我们是它的一部分；
我们承认圣餐变体论[1]，

神不仅仅在面饼里，
而且在树的另一半里

那一半看似死去——
我是不是垂下了头？

我是不是哭了？我曾目睹，
它不是梦，

而是异象，
是神迹，

它是那救赎我的使者[2]
它是圣灵——

---

1 天主教认为，面饼和葡萄酒在弥撒中经神父祝圣后变成耶稣的身体和血。

2 语出《圣经·创世纪 48：16》

半为灰烬的苹果树
开满花；

这是十字架在绽放，
这是林木在绽放。

在那里，阿纳尔啊，我们停步
感恩我们又从死亡中站起，生活。

24.

每一时刻
都有相应的神灵；

时针，一分钟一分钟，
流过为它设定的轨迹；

可这奇妙的机械的完美
不该分离而是该联结，

我们的生命，一刻比一刻
黯然……

25.

……无须
月光照耀，

它一分钟一分钟地流逝
（时钟在我床头，

钟面朦胧地闪烁）
这时那女神[1]来敲门；

我正在另一个房间
和朋友闲聊，

我们看到门廊
变亮了——看到从前的门

1　指大天使加百列。

都消失了
（当然，这是个梦），

其实，她正站在
楼梯转角。

26.

一个人说，真怪，
她竟站在那里，

我想知道她怎么来的？
另一个人说，

我们三个是不是有
什么力量

有如磁石
引来这超自然的神祇？

（然而我们都承认，

这再自然不过）

我不知道自己说了什么话
或者说没说话，

因为还没开口，
我已觉出是在梦中，

我醒着，躺在床上，
明灭的光

是我的小钟
磷光荧荧的脸，

那低低的敲门声
是它的滴答。

27.

然而不知怎的
她宛若就在那里，

仿佛她已奇妙地
与时间融合在一起，

这不是轻而易举的戏法，
连那熟谙世事的陌生人也觉困难重重，

我们决不能将他忘怀，
因为有人曾无意间款待天使。

28.

我不住地想起加百列，
想起月的圆缺，想起玉螺，

想起新月，
想起月轮：

我不住地想起加百列，
想起那月宫的摄政者，想起那大天使，

在烛光与火焰里

在七大天使的律令里

我一心想着他；

我不曾忘记

这位警示者

独有的才具；我曾想

称呼他一如称呼别的使者，

乌列尔，阿纳尔；

我怎能想象

那女神竟亲自降临？

29.

我们看到她

世间的投影，

我们的金翅雀女神，
我们的烛台女神

我们看到她，有若女王，
华美，绰约，雍容，

我们看到她
携着玻璃瓶

瓶中或一枝幽独
或五彩争妍，

我们看到她秀发上
系着发带，

蓝色风帽下的芳颜
映着星辉，

我们看到穹顶王冠下
她垂下的头，

我们看到她，金色光晕里
纤柔的少女；

我们看到她挽着长弓，带着白鸽，
春心萌动，

我们看到她衣着霓裳，
黎凡特[1]购得的丝绸将它织就，

胸前挂着璀璨的璎珞
康斯坦丁城的珍珠串成；

我们看到她的衣袂
悬想袖间

每一处织锦的花纹；
真的，

画师们技艺精湛；
真的，惟妙惟肖

---

1 黎凡特是一个地理区域，涵盖整个东地中海地区及其所有岛屿。

那一转头的娴雅
那低垂或微启的眼帘的幽微；

大教堂，博物馆，修道院，
玉阶的转角，

无论哪里，你都会看到
她的丰仪（对吗？）

30.

时常我们看到她把手放在膝上
摩挲那绿如苹果

或棕红如苹果的丝绸；
时常我们看到她把手置于项间，

手指抚弄护符
远征军从耶路撒冷带回的护符；

时常我们看到她的手解开叙利亚面纱
或将威尼斯披肩放在桌上

莹洁的桌面映出
断碑残碣的模型，

我们时常看到她在妆镜前
凝眸窗外，

潟湖上帆舟悠然相随，
水面漂满白花。

31.

但这一切，这一切
都不能让她想起我看到过她，

纵使我们时或临近
她淡漠的赐予

那威尼斯人鱼石雕的

雅致与温蔼，

我们在奇迹圣母堂[1]
拾阶而上，

或者在维也纳
我们以另一个名字将她颂扬

白雪的玛利亚[2]，
我们的雪之女神。

32.

因我可以真诚地说，
她的面纱洁白如雪，

令世间的一切漂染
都成赘余；我可以说

1　奇迹圣母堂（意大利语：Santa Maria dei Miracoli）是位于意大利威尼斯卡纳雷吉欧区的一座教堂。奇迹圣母堂被认为是威尼斯文艺复兴早期建筑的代表作。

2　原文为德文。

她丰神秀逸，楚楚可人
她的裙裳

飘垂足前，而没有系起
金色的腰带，

没有黄金，没有色彩，
没有填塞，

也没有褶边和接缝，
当裙裳落向地面；她脱却

那些素常的坠饰；
那个孩子也不在她身畔。

33.

赫尔墨斯将透特
“幽冥之王”的禀赋承继

T 形十字架变成墨丘利的节杖，
老派人弥留之际向圣米迦勒[1]向我们的女神

祈祷；赫尔墨斯特利斯墨吉斯忒斯

和圣米迦勒一起，用矛
刺穿无知的黑暗，

将老龙
掷入深渊。

34.

于是圣米迦勒，
这水星的摄政者，

不再缺席，
当我们将别的使者呼唤，

高高的祭坛

1　七大天使之一。

亮起另一朵烛火，

与熊熊的火焰一起燃烧
但有些颤抖

明灭闪烁，
暗去，又亮起；

记住，它是透特
以羽毛

称量
死者的灵魂。

35.

她定是喜爱我们，
她没有将我们的遗物

抛在墓边；
她定是满意

画刷与羽毛笔这对落拓的旅伴，
她不曾否决它们的出生权；

她定是喜爱我们
才透过拂动的面纱

和蔼地注视我们，
一本书在她手中。

36.

哦（你说），此为圣智，
即圣索菲亚[1]，即圣灵之智。

于是凭借轻松地推理，合乎逻辑地证明
这是圣灵道成肉身的象征，

你的圣灵是株苹果树
在郁积——或者毋宁说在萌芽

1 索菲亚意为“智慧”。

在吐蕊；那么苹果呢？
显然，新的夏娃

将重返，寻回
她失去的一切，

那交付罪与死的一切，
显然，她与生命之书一起到来。

37.

这是美的象征（你继续说道），
一般而言，她是我们的女神，

我看见了你所展现的她，
不曾出挑地

为科林斯[1]字母翼护，

1　科林斯，在新约圣经中又译哥林多或格林多，古希腊名城，位于连接欧洲大陆及伯罗奔尼撒半岛的科林斯地峡上。相传该城为太阳神赫利俄斯的儿子科林托斯（Corinthos）所建，另据传说，古代科林斯王族是西西弗的后裔。

或立于科普特[1]教堂的中殿，

或凝冻在哥特式大教堂
的中门之上；

你借由她已做得很好，
（重复下你的话），

你把她雕刻得亭亭玉立，了无瑕疵，
宛然一个遗世的隐修者，戴着面纱的女神，

无论满怀欣悦，
还是握持戈矛。

38.

哦，是的——你知道，我说，
这颇惬人意，

但她不遁世，不冰冷，

1 科普特教会是埃及的土著基督教派。

也不高挑；

她赓续
对良善女神[1]的崇拜，

她是处子
钮谟[2]时代已是如此。

她携着书，但那不是
印刻古老智慧的典籍，

我设想，那是尚未写出的
空白的书卷。

你说的一切，是那般含蓄，
余味无尽。

1　良善女神（Bona Dea）古罗马神话女性神祇之一，在古罗马得到广泛崇拜。

2　钮谟，或译为努马（Numa Pompilius），古罗马王政时代相继执政的七位国王中的第二位（BC 715—BC 673），曾创立宗教立法和各种宗教制度。

但她不像西比尔[1]
被关进洞穴；也没

囚禁在铅色的栏杆后，
或斑斓的窗前；

她是普赛克[2]，是蝴蝶，
破茧而出。

39.

而且比守护天使
或良善的精灵更近，

她是远古恐怖

1　西比尔是古希腊神话中一位能做预言的女巫，为阿波罗所爱。她向阿波罗请求永生，但却忘记请求青春，故而虽获永生，却只得活在无尽的衰朽中。

2　罗马神话中的灵魂女神。普赛克原是一名罗马国王的女儿，她的美引起爱与美的女神维纳斯的妒忌，维纳斯计划将普赛克嫁给世界上最丑恶凶残的怪兽——羽蛇。但结果其子小爱神丘比特爱上了普赛克并将她接入自己的殿宇。虽然普赛克的姐姐们和维纳斯千方百计拆散这对恋人，但最终普赛克战胜了磨难，被神王朱庇特封神，和丘比特正式成婚。

这枚分币的另一面；

她既非畏惧亦非战争，
她根本不象征

和平，慈悯，纯真，善行，
信念，希望，回报；

她不是正义而被蒙起眼睛
仿如爱神；

我承认白鸽隐喻纯洁，
我承认她的面庞没有一丝罪孽

一丝埃尘，她的面纱
宛若羔羊的新妇[1]，

但那羔羊并不与她同在，
无论作为新郎还是孩子；

1　语出《新约·启示录》第21。羔羊为耶稣。“新妇”指新耶路撒冷。

她的专注不可分割，
我们是她的新郎她的羔羊；

她的书即是我们的书；写
或没写，书页都将讲述

一个渔人的故事，
一个或许多瓶子的故事，

那些同异参半的品质，
不复往昔而又一如往昔。

40.

断无密码或象征，
我是说——一切是那么质朴

羽毛笔或画刷的机巧
无法捕捉那气韵；

我想说那是色彩

新的位相，新的特质；

我想说，我真的说了，
那色彩了无光泽，倒影，

与阴翳；而我说的白，
不同于雕塑家与画家的白，

不同于瓷器的白；略带朦胧的白
亦难将它拟喻；因为新落的雪

（或正在飘飞的雪）
可有一痕朦胧？

然则此刻，我们踌躇，我们迷途——
我们能说什么？

她不缥缈如幽魂，
她不严凛如神灵，

她甚至不磅礴

如天使。

41.

她携着书，是为喻示
她在我们当中，与我们同在，

或为表明她满意我们的心期，
那奉与天使的颂美；

但虽有钟声悄诉，
加百列，亚兹拉尔，

虽有钟声应答，
拉斐尔，乌列尔，

虽有钟声遥遥地漾过涟漪
叩响阿纳尔，米迦勒，

但自一开始就另有
一种钟声涌起，深邃、无名

迈越一切：
记住，那里，

无须月光照耀……
弥望全无庙宇。

42.

有人将那深深的深深的钟声
唤作萨多基尔[1]，称为“神的正义”，

他是木星的摄政者
是宙斯是众神之父

众神啊，上帝；父神，父神，
众天使之父，

他自己，是天穹而又栖居于星辰

1　萨多基尔（Zadkiel）或译为萨基尔（Sachiel），是犹太教和基督教的天使。是司掌水的天使，犹太教的七大天使之一。

紫水晶色的星辰，

他的蜡炬也在燃烧，
深深的紫罗兰色的火。

43.

而在光谱中的那一点
所有的光在那里融汇为一，

化为白，而白不是没有颜色，
正如儿时人们告诉我们的那样，

白囊括一切颜色；
那里火焰溶进火焰，

翅膀邂逅翅膀，当我们得到
那完美的虹，

我们惬意，我们幸福，
我们重新出发；

我，约翰，看见，我见证
虹霓的羽翼，苍穹的浩瀚

斑斓的墙垣，
碧玉的柱廊；

但当珍珠
在坩埚里溶解，

我们找不到灰烬，那玫瑰的灰烬，
没有亭亭的花瓶，没有百合的牧杖，

没有灵性的花瓶，
没有神秘的玫瑰，

而有一簇五彩石竹
或仿若圣诞玫瑰的容颜。

这是牧杖在绽放
这是燃尽的林在绽放，

在那里，萨多基尔，我们停步

感恩我们又从死亡中站起，生活。

伦敦

1944年5月17—31日

牧杖绽放

致诺曼·福尔摩斯·皮尔森[1]

……我们停步

感恩我们又从死亡中站起，生活。

1.

哦，华美的袍，

华美的衣衫——

别去想他[2]的面庞

甚至他的手，

别想我们如何站在

1　诺曼·福尔摩斯·皮尔森（1909.4.13—1975.11.5），美国学者、作家、编辑、批评家。“二战”后，“美国学”这一学科的主要创立者。

2　耶稣基督。

他面前；

记住黑门山[1]上
皑皑的白雪；

别去向下看
在那里幽蓝的龙胆

将它几何的形状
投影浮冰；

别惑于
完美的几何

因为即便现在

1　又译“赫尔蒙(山)”。黑门山在圣经中有多个别名。申命记三章9节云:“这黑门山，西顿人称为西连，亚摩利人称为示尼珥。”申命记四章48节称黑门山为西云。黑门山地处黎巴嫩和叙利亚的边界上,位于大马士革以西。黑门山被以色列人奉为圣山，罗马皇帝君士坦丁皈依基督教后,更将其尊为圣地。据《新约·马太福音：17：1—8》，耶稣曾带着门徒彼得、雅各、约翰暗暗地上了高山。他在山上改变了形象，脸面明亮如日头，衣裳洁白如光。一般学者认为,这一高山即是黑门山，本诗即以这一典故为全诗定下基调。

那恐怖的旗帜

仍令桥头黯然；
我们已表明

我们能够站立；
我们经得起

愤怒，挫折，
以及毁灭苦涩的火焰；

离开世间燃为余烬的城，
（我们已完成我们能做的一切）

我们已付出所有我们再无能为力，
啊，我们给出的，不是爱，而是悲悯，

既已倾尽所有，就让我们离开一切；
先离开悲悯吧

攀向更高处

爱——复活。

2.

我走向那里，走进雪中，
爱，和得到爱；

我走向我爱的事物
从未想及义务和怜悯，

我走向我属于的地方，
无悲无喜，雨在田垄里

积存许久；我已将
抑或我愿将

生命给予粮食；
但若它不愿伴随美之雨

成长或丰盈，
雨将回返云中；

收获者在石上磨他们的镰
但这不是我们的田，

我们不曾播种此物；
无憾无悔，我们将

这髑髅之地
留给装饰它的人。

3.

复活，一片纷乱——
若我们发生争执；若我们伫立凝视

不知去向何方；
复活，一种单纯的确认，

但不要耽搁，为了召集他人
一次次走过街巷；像这样

即刻前行，最证明

你知道方向；

头雁可会拢起翅膀
向雁群解释？不——他总是远翔；

随不随他飞
那是雁群的事；

头雁可会顾念
雁群是否跟从？

我想不会——他如此欣于远翔——
他知道自己要去的地方；

于是一如北极圈的雪雁，
我们必被引向或必飞向，

卡罗莱纳或佛罗里达，
或者像那群流离的候鸟

（人们说）在那失落的岛屿，

在亚特兰蒂斯[1]，盘旋不去；

寻觅曾知晓的一切，
我们知道我们终将找到

幸福；今天
你与我相伴伊甸。

4.

蓝雁，白雁，也许你会这样说，
是的，我懂，两种雁，双倍的乡愁；

我懂那无从餍足的渴念
冬日，思慕棕榈

黄沙，燃烧的海流；

1　在柏拉图最晚年的著作《克里特阿斯》（Critias）和《提迈奥斯》（Timaeus）两本《对话录》中都曾提及沉没于大西洋底的亚特兰蒂斯："在梭伦九千年前左右，海格力斯之柱（直布罗陀海峡）对面，有一个很大的岛，从那里你们可以去其他的岛屿，那些岛屿的对面，就是海洋包围着的一整块陆地，这就是'亚特兰蒂斯'王国。"

而在夏天，在赤道，当我注望

波涛涌来，绽开浪花
抚触着沙岸，倏然

消殒如雪，我想大喊，
留下，留下；

于是我记起纤弱的余霜
记起它隆冬清晨的模样；

炙热的正午的阳光里，我想起
那灰暗朦胧的冬日晨曦；当浪花

在卵石间明灭，我想，
你没有霜那么美；

但，真的，我祈祷，
哦，给我灼灼的蓝

和潮头那易碎的

燃为余烬的海草，

当我伫立，在雪上
在长长的松影间，犹有憾意。

5.

怡然，憾然，
餍足或因饥饿而木然，

这是永恒的冲动，
这是绝望，是平衡

无定无常的渴望；
你懂那炽热的召唤，

某一刻的要求，
那欢愉的意愿，那生存的意愿，

而不仅仅是承受的意愿，
腾飞的意愿，成功的意愿，

漫长的翱翔后休憩的意愿；
但谁又知道其他真实或神秘的鸟

——急切的冲动——
寻觅却找不到栖息之所

直至从螺旋最高的那一点
或越来越窄的圆环的最内层飘坠？

而它们记得，它们记得，当它们飘摇盘旋，
那曾经的一切——它们记得，它们记得——

它们不愿背离——它们已领悟那无上的至乐，
那令其心旷神怡的金苹果——它们已回返——

纵使亚特兰蒂斯失落又怎样？纵使洪水淹没
赫斯珀里得斯[1]又怎样？它们宁愿记取

记取那片金苹果；

1　希腊神话中守护金苹果树的仙女，亦因此指代金苹果园。

哦，不必叹惜，当你看到它们一一坠落；

因为它们虽麻木，失明，疲惫不堪，
却置身狂喜，

因为它们的饥渴是对伊甸
的饥渴。

6.

所以我宁愿溺于记忆——
不愿在热带的珊瑚岛上

沐浴阳光；我宁愿溺于记忆——
不愿在松杉的枝柯间休憩

虽然大角星或北冕座[1]
那些熠熠的蓝宝石在那里

---

1 在希腊神话中，北冕座是阿里阿德涅被特修斯抛弃后，酒神狄俄尼索斯送给她的花冠。

倾泻下化育万物的伟力；

我宁愿在风中搏击，向着他们呼喊：

你们的徘徊更傻，

更无意义

一圈圈——毫无道理——

而我在寻找伊甸；

你们一无所见，

我却将上下将人们所谓

“不存在”尽收眼底——我记得，

我记得，我记得——而你们已忘怀：

还未至中途，你们却觉得，

已达终点，

你们一次次傻傻徘徊——

镰已在石上磨好，

髑髅的金字塔，
又一次，我怜惜逝者，

哦，渎神的言辞，悲悯是将化为面饼的石，
唯爱神圣，爱的狂喜

萦着那中心回旋，回旋，
毫无顾虑，也不理睬现实，

它知晓那些蒙福的岛屿就在那里，
而多少洪水都无法熄灭爱的火焰。

7.

然而，复活是种方向感，
复活是条直线，

通向部落，劫掠，
通向财富，库房，

蜂箱；

复活是补偿，

是食物和掩体，
是没药与香蜂草的芳馨。

8.

我如此幸福，
我是第一只或最后一只

飞鸟或蜜蜂；
我装满新酒；

我被某个词铭记，
我和林木一起燃为烬。

自灼灼的余烬引出
而非以刀斫断，标识；

我是第一个或最后一个弃绝
铁、钢——金属的人；

我曾前行，
我曾后退，

我已从青铜、黑铁，
走入黄金时代[1]。

9.

不是诗意的幻想
而是生物学意义上的实情，

事实是：我是独立的存在，
像鸟，像昆虫，像草木

或海洋植物的细胞；
我存在；我活着；

小心啊，别了解我，

1　希腊诗人赫西俄德在《神谱》中，按神与人的关系把“人类时代”划分为五个阶段：黄金时代、白银时代、青铜时代、英雄时代和黑铁时代。

拒绝我，认出我，

避开我吧；因为实情
令人感染——迷醉。

10.

你们这些伟大的城，将倾圮坍塌，
这样说一点也不疯狂，

而今这些城横陈着残破
这并不是悲剧，而是预言

是一个冷冷的女祭司，
德尔斐神殿[1]孤独的女巫的谶语，

以那支离的六步格[2]

---

1 德尔斐神殿奉祀太阳神阿波罗，神殿门前刻有三句神谕：“认识你自己”“凡事勿过度”“承诺带来痛苦”。古希腊人认为，德尔斐是地球的中心，是“世界之脐”。

2 六音步长短短格，又称“英雄六步格”或“史诗格律”，荷马史诗，维吉尔的《埃涅阿斯纪》和奥维德的《变形记》皆以这一格律写就。

她咏叹，吟唱，

城门的倾圮，
君主与邦国的倾覆；

这是简单的运算，代数的，
是乘着翅膀的几何，

是冰镜中，一株，
凌乱的龙胆草，

而，若你愿意，它也是
一枝百合，折成金字塔，

是一朵花锥，
而非一堆髑髅；

它是百合，若你愿意，
一瓣，一个王国，一种永恒，

它还是百合的种子

曾经绽放，

将要重开；
它是最小的谷粒，

最微不足道的种子
在鸟停息的地方

长出枝叶；
它是开花的香蜂草，

它疗愈一切，
与世长存；

它是最伟大的草
它将成为树。

11.

他第一个飞过

（苍穹的指针[1]）

却怏怏不乐
因离开了四散的雁群，

天地之间
他永远地回翔，

他最先振翼
自那哀伤的树

飞去，而生命之树啊
遂从荆棘里绽放玫瑰

由枯木中
长出芬芳的藤；

他是第一个这样言说的人
不是对那被选中的少数人，

1 或指北斗。

他忠实的朋友，
一群睿智而又善良的人，

而是跟一个亡命者一个流浪人说，
今天你与我相伴伊甸。

12.

于是最早那群人——适如所记，
是被歪曲被拷问的畸零者，

与这世界的所谓“进步”格格不入，
最先得到这承诺的人是个贼，

第一个真正见证他死后之生的，
是一个疯狂、敏感的女子，

因离开家门，不理家务而遭遇诟骂
她可是伯大尼的玛利亚[1]？

1 《圣经》人物，拉撒路的母亲，事迹见《新约·约翰福音》及《新约·路德福音》。

无论如何——这另一个玛利亚
她的事迹，尽人皆知，

却未确切地记下
她在哪里又是如何找到那玉瓶[1]，

有人说她拿出了自家的体己
或者那钱取自济贫箱中，

有人说她一无所有，
没有钱袋也无朝圣者的背囊，

没有金条也无
刻有凯撒头像的银币。

13.

无论如何，（有人或许这样说）她

1　见《新约·马太福音·26：7》：有一个女人拿着一玉瓶极贵的香膏来，趁耶稣坐席的时候，浇在他的头上。

做了桩神秘的买卖，和那个阿拉伯人

那个市集里的外乡人；
的确，他有一个货摊

在市集后部靠左，
当你穿过南门就可看见；

他所拥有的一切，并不拿来卖；他在走向
加冕礼和葬仪——一件合二为一的事——

他所拥有的一切，他那无价的，别处无从得到的没药，
就用于这合二为一的典礼，埋葬和加冕；

他有的可不是寻常的没药、馨香
或随便什么，他说，那东西不是拿来卖的；

他高贵地将袍裾敛起，
那妇人却不接受他的暗示；

她已亲身体认自己的高贵；

显然，没有什么能让她讶异惊奇；

她根本不介意他是赞美
抑或谴责——甚至，辱骂又能怎样？

她懂得如何淡然以对，
又一桩不可宽恕的罪，

当石块砸来，
她根本不在那里；

她不在那里，然后再出现，
其实她并不美——是否你会这样说？

当然不漂亮；
打动阿拉伯人的是她的出乎预料；

这样的事前所未有——一个女人——
是的——若有谁做过，他自然知晓——

一位淑女不曾接受暗示，不曾

因那含蓄的拒绝而优雅地、

毫无错失地避出
门外。

14.

不难看出他并非等闲的商贾，
她当然明白——他是一位使者；

这世间几乎没有那样的人
值得你可将这珍贵的物品托付，

尽管玉瓶已密封，
还是莫名地飘出芳馨，

流言不胫而走，
即便你刻意远离

商贾，不与他们往还；
有人说，这精油，

会与世长存，或早已绵延千古——
尽管无人能确知

希克索斯[1]王子们那些玉瓶里
到底装了些什么，

的确，曾经有过药瓶；
可是谁愿意将它们开启？

他们在瓶上施了魔法，
每个玉瓶都有符咒；

无人打开这些陵墓，
那会遭到天谴——而这些他早知晓，
千百年来他的民族
悄语着精油神圣制方的神圣秘密；

却从无记录，哪怕用符号，因他们懂得——

1 希克索斯人是古代亚洲西部的一个混合民族。希克索斯人于公元前17世纪进入埃及东部并在那里创建了第十五和第十六王朝（约前1674年至前1548年）

女人守护不了秘密。

15.

她说，我听人提起过你；
他嘲讽地躬身，低语，

余乐何如之，
他的眼睛却盯着那半掩的门，

她懂了；这是他的第二次回绝，
但是，她故意把门关上；

站在那儿，背靠着门；
脚下像生了根，她张开双臂，

又一道屏障除去，
她的披巾滑落到地上；

她脸颊苍白，
眼睛比很多人的

都黑都大，她流溢着光辉的内心
曾激发几多不无才情的诗人；

仅是眼睛吗？他见识过许多女人——
而她的头发——不是少女的式样——

站在那儿简直有失检点，
在陌生人的宅邸，却摘下面纱。

16.

我是玛利亚，她说，塔城的玛利亚，
那里想必曾建过塔

因为抹大拉[1]是座塔，
抹大拉立在岸边；

我是玛利亚，她说，抹大拉的玛利亚，

1　地名，意为：塔，伟大的城，位于古巴勒斯坦，在《圣经·新约》和犹太教《塔木德经》中，都曾提及。

我是玛利亚，一座伟岸的塔；

借由我的力与意志，

玛利亚将为没药，

我是玛利亚——哦，有许多玛利亚，

（尽管我是玛利亚，痛苦的玛利亚）我将为没药－玛利亚；

我是那株异教徒的没药树，

不信上帝者的没药树；

甚至在弗里几亚[1]和卡帕多西亚[2]，

都有偶像崇拜者跪倒在残破的偶像之前

焚香礼拜万劫之母，

礼拜阿提斯－阿多尼斯－搭模斯[3]而他的母亲曾是没药；

她是一个被毁损的女人，

1 小亚细亚中西部古国。

2 古地名，大致位于古代小亚细亚（即土耳其）东南部。

3 阿提斯是弗里几亚神话和希腊神话中的植物神，阿多尼斯是希腊神话中的美少年，搭模斯是巴比伦神话中的植物神。

曾以不洁的方式生下儿子；

她哀哀地哭泣直至异教的神
将她化为没药；

我是玛利亚，我将哀哀地，
哀哀地……哀哀地哭泣。

17.

可他声音平稳而她的眼睛也没被泪打湿，
房间很小，几乎算不上房间；

仿若壁龛或是橱柜
加上紧闭的门遮起的窗；

窗间透不过一丝亮，
但却仿若有光闪烁，

是月色在遗忘的河流上荡漾，
是月色漂过梦中湮没的溪涧，

映入焦渴的男子临终的眼，迷途，黄沙漫漫……
是幻景……是她的发丝。

18.

无疑，他长于行商
是此道的大师巨匠，

他屈身拾起披巾
双手递给她；

真不得体：一个女人
竟首如飞蓬，凌乱不堪；

真不得体：一个女人
竟抛头露面。

19.

我是玛利亚，乳香树上的乳香花，

我崇敬，哭泣，我将变为没药；

我是玛利亚，尽管消殒，
我将化身为塔……她幽幽叹道，先生，

我有所求，但不是面饼或葡萄酒，
不是你能给我的任何东西，

她系上披巾，转身，
开门，那般端庄。

20.

据说她走了，
据说他追上了她，

据说他再没找她
但却派遣信使带着玉瓶

将她跟随。
据说他本人就是巫师，

占星术士，根本不是阿拉伯人，
他见过一切开始与结束，

他是巴尔萨泽[1]，梅尔基奥[2]
或伯利恒[3]城中的某个人；

据说他乔装改扮，
是易容的天使

其实已安排好这一会面
以便与那预言相符
他或巴尔萨泽或另外某人
早已从星象中将之测出

据说这从未发生，
据说这屡屡出现。

---

1 朝拜婴孩耶稣的东方三贤之一。

2 朝拜婴孩耶稣的东方三贤之一。

3 耶稣诞生地。

据说他是抹大拉的玛利亚
旧日的情人，没药之礼

是确认那曾经熄灭
忽又燃起的恋火；

据说他是亚伯拉罕，
据说他是上帝。

21.

总之，《经》上这样写道，
房中充满膏油的馥郁。

片刻之后，房子就不再那么狭窄，
也许已盈满纸条和花冠，

因为这是宴飨，这是节庆；
喜气洋洋，笑声朗朗，

但是加略人犹大[1]垂下了头
压低声音咕哝着“奢侈”，

因为甘松虽然不够强劲
却有微妙，难以言传的芳醇，

那清芬更持久更昂贵；
犹大和他的邻人悄声低语

随后他们谈起贫苦的人们；
可是，玛利亚，坐在地上，

像筵席上的孩子，无人注意；
她忙忙碌碌；她灵巧地解开

那精心编好的长长的发辫
解开她绝美的秀发。

1 《圣经》人物，耶稣十二门徒之一。据《新约》载，犹大生于加略，曾出卖耶稣，后因悔恨自缢而死。

22.

主人西满[1]觉得，
我们该适可而止；

他曾见过这般景象，
在异教的图画里，

在幽僻的海边神庙
的门廊上；

人们叫她塞壬
她就是这般模样，

在沙滩
或礁石上踞坐，

人鱼，海中精灵；
相传，人鱼会唱歌

1 耶稣的十二门徒之一。在《新约》中经常被称为热诚者西满。

塞壬的歌声勾魂摄魄
她秀发的巨澜令樯摧楫折；

她不请自来，
西满俯身

在他的客人耳畔低语，
我和她素不相识。

23.

门外总是人头攒动，
当他的客人偶然走进哪扇门；

他不想惊动大家，
他会差人悄悄将她请出；

西满冥思苦想，悸动不已，
将他的客人们细心点数；

此刻一切都很顺利，

可也怪让人难为情；

她真的吻了他的脚；
他不懂；

人们称他“主人”
西满却满心质疑：

这人若是先知，就该知道这女人是谁，
就该明了女人该守的规矩。

24.

西满不懂，但巴尔萨泽
或梅尔基奥能告诉他，

要是卡斯帕尔或加斯帕[1]告诉他就更好
因为据说，是他带来了没药；

西满期望别惊动人们，

1 朝拜婴孩耶稣的东方三贤之一。

但卡斯帕尔知道那不可避免

它已写在那颗星上
或那片星中

这天象煞是罕见，
两千余年仅此一回。

25.

可能西满会说，嗯，
她的样子像异教

幽僻的海边神庙中
那石刻或图绘的偶像；

也许西满已听闻
这女人来自抹大拉，

曾邪魔附体；
但卡斯帕尔

称邪魔为精灵，
甚至私下

尊他们为七天使，因为
严格说来，卡斯帕尔就是异教徒；

他或许柔声低语那些名字
而无惧永恒的诅咒，

伊希斯，阿施塔特，
再加另外四个；

他也许给他们别的名字，
戈墨忒尔[1]，德墨忒尔，大地母亲，

或星中的
维纳斯

1　或为德墨忒尔的异名。德墨忒尔为希腊神话中司掌农业的谷物女神，又称“丰饶女神”。

26.

但这不公平
将卡斯帕尔和西满相比；

当然，这个西满不是西满·彼得[1]，
也不是来自迦南的热诚者西满，

也不是古利奈的西满[2]，
不是后来那个行邪术的西满，

这个西满就是西满，那个麻风病人；
但西满却成为使徒，

我们揣想他被治愈了
身体的恶疾，而另一位，

那不贞的人鱼，抹大拉的玛利亚，

1　使徒彼得本名西满。

2　据《新约·马太福音 27：32》记载，在耶稣前往受刑途中，被罗马人强迫替耶稣背十字架的人。古利奈位于北非利比亚。

则被治愈了灵魂的恶疾；主人，从她身上，

驱逐了七个邪魔；
可是西满，身体虽被治愈，

却不宜知晓
那七个邪魔或七个精灵

正如卡斯帕尔所言，
而今仍在画中，无可改变；

他们或独自或一同走进神庙，
那美丽的妇人，也许并不放荡，

而跨过门槛
迈进那颇有几分玲珑的神庙，

也许他们有心顶礼，
就像卡斯帕尔，

梅尔基奥，巴尔萨泽

当初那样。

27.

而卡斯帕尔（那个商贾当然就是卡斯帕尔）
起初并不认识她；

她柔弱，绰约，不戴手镯
或别的首饰，披巾

裹着头，罩着肩，
她淡泊恬静，不是

仆人来做跟班；而是，遵奉
伟大的女神之命而来，有若知己；

她一袭黑色的裙裳
矜严端庄；

卡斯帕尔没有认出她
直到披巾滑落地下，

然后，他认出了玛利亚，
依照星象所示（至于是维纳斯星上升

还是它与朱庇特星[1]交融辉映，
管他将那些流浪的火叫做什么呢），

他都看到她秀发上流动的光辉
像月色在被遗忘的河流上荡漾，

卡斯帕尔
记得。

28.

于是卡斯帕尔听到
海螺中回声的回声，
她被宽恕了
七宗罪
从她身上

---

1 即木星。

赶出了七个邪魔；

于是像是镜中的
投影，卡斯帕尔看到两个王冠，

一个只是素朴的头环，另一个
珠玉琳琅，连他也叫不出名字；

卡斯帕尔，商旅之王，
领略过世间少有的瑰玮，

完工或尚未完工的首饰
鸡血石，碧玉，

在他眼前朝夕琤琮如流水；
我们不必缕诉卡斯帕尔的博闻强记，

也无须铺叙他的珍玩，
我们只需知道：卡斯帕尔

见过的宝石比谁都多；

巴尔萨泽也比他不过；

可是他的心却充盈着更酣畅的陶醉，
岂是赏鉴猫眼石的玫红与珍珠的朦胧时的沉迷

所能媲美；这是卡斯帕尔
宛若镜中，他看见

一个人不冠不冕，然后系上头巾，
然后是珠玉的冠冕，斑斓无可方物；

它们蓝得近乎有点儿紫，
但若有人问起，却还得说是蓝色，

也许你会说它们是蓝色的宝石
经过奇妙的切割、镶嵌，于是光芒

像从石中绽放；而内里琢面
射出的蓝紫明灭的光

反射角度几乎无从算出；

那又如何诉说他的感受？

宛若在镜中，是多么，多么清晰
他看见淑女头上那圈的宝石，

他的心中是那般快乐，
快乐里含着忧伤，

他的心啊
为陶醉劳瘁。

29.

不仅仅是因为美，
虽然美在其中，

而是发现，发现令他逸兴遄飞
因他熟知那古老的传统，古老的传奇，

父亲传承祖父
祖父沿袭曾祖（讨流溯源），

确然如此；这从未被谈及，甚至
不曾私下说起；传奇蕴于古老的符号，

只有最刻苦的钻研才能将它们破解，
只有寥寥几人肯矢志于此，

华年韶龄都用来
持心定志

研讨时序
增广记忆

终于，卡斯帕尔也得到“祭司”的名衔
（在《圣经》中，“祭司”译为“贤人”）。

30.

当他俯身拾起披巾，他已看见，
待他直起身，霎时间，

他看到那痕光
仿佛一丝微瑕在他右侧

第二个戒指的第三枚宝石上，
一个谷粒，一丝微瑕，一痕光，

在那一点或那个阴影里，
是整个奥秘的机关所在。

的确，当他的手堪堪碰到她的手，
当她刚把披巾抽回，

那痕光，那丝微瑕，那个谷粒或种子
绽放如花。

31.

而这朵花，就这样寓于
那小至无限的谷粒或种子，

一瓣一瓣，开启，为环，

每瓣都独立

而又相依，仿佛
被莫名的力

引向生机勃发的中心，
这圆环不住扩展

不住开启，他知道，
它在向着无限开启；

但在迷途之前，
在逝去之前，

他看到那些蒙福的岛，
看到那片金苹果，

他看到失落的亚特兰蒂斯，
看到它周围一切岛屿；

他看到神圣的传奇

诉说的兴亡犹在，

他看到那些蒙福的大陆，
那些应允之地，失落；

霎时间，他，看到
亚当之前，我们的和他的文明

我们的和他的大地的
范围与规划。

32.

他看到那一切仿若在太阳镜下扩展，
他看到一切微妙的细节，

绝壁，码头，要塞，
他看到舟船，航线

江河，桥梁，房屋，
阳台，庭园；

他看到梁柱，壁炉，
看到壁炉中那团火，

火后，若有水声，
江涛，泉源，冲刷着礁石的海浪，

一切是那般浩渺辽远，
而又如此细微切近，

伊甸
在夏娃之前……

33.

他耳畔响起
海螺回声的回声，

一个个词被有节奏地重读
不是吟诵也非咏唱；

这咒语的音节
回荡　应答

他曾听闻的无词之音
卡斯帕尔是伟大的漫游者，

是声名远播的旅人，
他懂这些词

尽管它们的读音
我们的耳朵陌生，

语调也不同
但他懂；

它一面
传布那福音

一面凭借记忆的螺纹
将它移译

记忆的海螺啊
荡漾着

湮没之城那远古的涛声；
卡斯帕尔懂得，卡斯帕尔的心在将它移译：

莉莉丝[1]生在夏娃之前
那人生在莉莉丝
和夏娃之前；我们三个被宽恕，
从她身上赶出的七个邪灵
我们仨就在其中。

34.

然后，他陡地
垂下双臂，

而心灵将他推动，
仿佛它必须

1 最早出现于苏美尔神话。在犹太教的拉比文献中，她被视为亚当的第一个妻子。

鲜明地区别
清晰地界定美的边界；

必须筑起篱笆、屏障和堡垒
卫护这最幽邃的秘密，

乃至卫护这篱笆和堡垒，
于是心灵思忖，

尽管他的精神在别处，
而躯体在运作，尽管他的自我，

他的自我在别处；
他的心灵形塑思绪，

而要塞最后的
防御工事，失陷，

真不得体：一个女人
竟首如飞蓬，凌乱不堪；

真不得体：一个女人
竟抛头露面。

35.

他所思异于
他所知，

他所见是一个庄重的女人，
围起披巾，

一个不可预料的女人
飘出门外；

我们不知道
他是不是跟在她身后

带着玉瓶；我们只知
那没药或甘松，价值连城，为卡斯帕尔所有，

我们只知一切戛然而止，
无论宴饮，还是笑声。

36.

雪花飘落在黑门山，
落满耶稣显容之所，

雪花飘落在希伯伦[1]
上个春天，银莲花在那里生长，

那绯红、玫红、深紫和蔚蓝
他说宛若君王的华衮，

可是，哪怕所罗门[2]，
也不曾这样绮靡；

雪花飘落在桃林

1 犹太教中仅次于耶路撒冷的圣城。

2 据《希伯来圣经》的记载，所罗门王是大卫与拔示巴的儿子，以色列王国的第三任君主，是北方的以色列王国和南方的犹大王国分裂前的最后一位君主，以智慧和财富著称于世。

桑梢筑起雪的穹窿

像守林人或牧羊者的小屋
掩映在黎巴嫩的山坡，

雪花飘落
无声……

37.

雪花飘落在希伯伦，
沙漠一如往昔开满了花儿；

一夜之间，无数草木
在沙间萌生，

无数茎梗上
吐露花蕊，

它们如此微小，
几乎难以觉察，

所以口口相传，
雪花飘落沙漠；

这景象曾经有过，
这景象还将重现。

38.

丢失了一只山羊，
卡斯帕尔不住地哀痛，

小小的羊羔，何足思量，
他富甲天下，有无尽的牛羊——

他让那群山羊早早
回到牧场，

因它们在栏中嗅到了和煦的微风
和绽蕊的青草；他终夜凝望

在那最年轻洁白的骆驼身畔，这只小骆驼
降生时很是艰难，仿佛一只白色的猫头鹰，

他把它裹到怀中，带进自己的毡房
避寒取暖；那个传奇就这样开始

卡斯帕尔
原是亚伯拉罕。

39.

他善良慷慨
子嗣无数，

但他不是亚伯拉罕重生，
他是贤人卡斯帕尔；

他说：我是卡斯帕尔，
因他必须守住点什么。

我是卡斯帕尔，当绰约的女郎抱着瓶

打他身旁走过，他忙恭敬地问询

她愿不愿将瓶垂入他的井；
我是卡斯帕尔，若她的面庞戴上面纱，

她就宛若伊人
他记得，从无一刻

忘怀，系上披巾时
那皓腕的一转。

那藏红色的凉鞋，
那裙褶，那衣襟，

当玛利亚拉开门闩，门扉半启，
遂又合上，那空空的地面，

他久久地凝视，
仿佛木头的纹理，粗糙

抑或光滑的表面

都意味深长，每处涂鸦

都恍若象形文字，无价的羊皮纸文稿，
水手的航海图。

40.

没人知道
他是否看清

那幅图画是否同他借助学识
依凭研读古老传说

和转写破译
艰深秘符的天赋

在镜中预定的一样，
没人知道

他如何能顷刻之间
就看得更深、更远，就领悟更多，

前无古人后无来者；
没人知道

那是否有几分虚幻，
他是不是望见

尚无人知的
远古的深井

没人知道
这是否能借助辅助线

在数学上证明，
一个女人发丝的反光

其反射角度
能以别的角度

重新反射或折射——
也许这关乎振动

匹配或捕捉相类
或对立振动的振动

或关乎创造某种真空，
某个时间点——

他将其唤作宝石
或王冠上的瑕疵，

如他在镜中所见，（权当他看见）
没人确知

这一切如何发生，
卡斯帕尔更无从确知。

41.

没人确知那一切的原委，
但准许我们好奇

他许下誓言
是不是有所图谋——

好吧，那算不上誓言，
大概只是主张，意愿，预兆，一时的天开异想，

我们都知晓那预兆，
曾经出现，

或将再现——可是，是在哪里？是在何时？
他将玉瓶放在地上，

他记起曾祖……曾祖
总是讲起，熬过干旱的秋天

一场冬雨突如其来，
树木枯槁凋萎，

霜冻却接踵而至；
可是曾祖往生时卡斯帕尔还是少年，

他的故事里可曾提及
收获没药的那一年，

是在这个还是那个瓶子里
将香精提炼——卡斯帕尔无从记起；

但在卡斯帕尔想来，总有两个瓶子，
两个瓶子挨在一起，

我何不两个都带上？
或者我该带另一个？

卡斯帕尔记得曾祖从前的咕哝，
而这个话头总被提起

两瓶之中，有一瓶更好，
可他只能摇着头低声抱怨，

没人能分清哪个是哪个
而你的曾祖早已不在人间。

42.

那只是个念头，
某天我会带来另一个玉瓶。

当他将自己的玉瓶
放在牛舍的地上；

巴尔萨泽已奉上甘松，
梅尔基奥已进献金环；

卡斯帕尔年少
所以站得稍远，

就像他的礼物只是点缀
不足与先头两人的相比；

当巴尔萨泽推开掩着的门，
一个牧羊人正站在那儿，

哦——一个持杖的老者，似是牧羊人，

也许是守夜的更夫；

巴尔萨泽正在犹疑，老者开口：
客官，客栈怕已没有房间，

这话语似是要省却
他们探询的劳烦，

巴尔萨泽谢过
老者的周到，

走进牛舍，
巴尔萨泽以手加额，

像在大祭司身畔
将全能者礼拜，

喃喃着那高贵的祝祷，
巴尔萨泽抚胸垂首，仿佛荣耀的重量

令他躬身，仿佛无上的恩典

将他征服，

巴尔萨泽站到一旁，
梅尔基奥徐趋向前。

梅尔基奥举起双手
仿若起舞，

尽显无言的谦卑，
似在表明他奉上的不过是象征性的献礼

（那些沉甸甸的金环）本身无足轻重，
梅尔基奥俯身，一声不响，亲吻地面，

身居次位的祭司
依照礼制正当如此。

卡斯帕尔稍稍站到一边
宛若祭坛边的仆人，

他将自己的献礼

放在一边，

似在表明
它更其菲薄；

卡斯帕尔起身，
微微颔首，

似在向众人，
向那些长者，

那些尊贵的人，致敬，
似在说典礼中自己的角色

可以忽略
而众人已俯首。

43.

而这女子方开口，他即望向她，
羞涩，纯朴，年轻，

她说，先生，它很甘美，

就像把所有开花的事物拢在一起；

但是卡斯帕尔知晓玉瓶的封印尚未开启，

他不解这女子如何知道

那芳馨来自她怀中

那束没药。

伦敦

1944 年 12 月 18—31 日

图书在版编目（CIP）数据

这世界是他乡 ：杜丽特尔（H.D.）诗选 /（美）希尔达·杜丽特尔（Hilda Doolittle）著 ；董伯韬译. -- 长沙 ：湖南文艺出版社，2021.6
（诗苑译林）
ISBN 978-7-5404-9725-5

Ⅰ. ①这… Ⅱ. ①希… ②董… Ⅲ. ①诗集－美国－现代 Ⅳ. ①I712.25

中国版本图书馆CIP数据核字(2021)第071612号

这世界是他乡
ZHESHIJIE SHI TAXIANG

作　　者：〔美国〕希尔达·杜丽特尔　著
译　　者：董伯韬
出 版 人：曾赛丰
责任编辑：耿会芬
整体设计：天行健设计
内文排版：钟灿霞　钟小科

出版发行：湖南文艺出版社
（长沙市雨花区东二环一段508号 邮编：410014）
网　　址：http://www.hnwy.net
印　　刷：长沙超峰印刷有限公司
经　　销：新华书店
开　　本：880mm×1230mm 1/32
印　　张：12.75
字　　数：213千字
版　　次：2021年6月第1版
印　　次：2021年6月第1次印刷
书　　号：ISBN 978-7-5404-9725-5
定　　价：52.80元